襲撃

フィクションのエル・ドラード

襲撃

レイナルド・アレナス
山辺弦訳

Colección Eldorado
水声社

本書は、寺尾隆吉の編集による
〈フィクションのエル・ドラード〉の
一冊として刊行された。

襲撃

この小説を蘇らせてくれた
ロベルト・バレーロとマリア・バディアスに

1

マリエルの景色

最後に母を見たのは、国家材木大連合の裏手だった。あの女は屈み込んで棒切れを拾い集めていた。そう、こちらに背を向けてしゃがみ込み、棒をひいこら担いで疲れきっているようだった。俺はこの機を逃さず、あの女を殺そうと飛びかかった。あのあばずれ、ケツ穴の目で俺を見てたんだろう、ぶち殺してやる寸前に怯えた顔で振り返りやがった、俺をじゃなく、超厳帥とその役人たちが統べる法を恐れたのだ、もし国家のものである製材屑を持ち帰っているところを捕まれば、粛正される、即ち殺されるんだからな。

恐れと怒りに満ちて、あの堕落した女が振り向き、俺はそのかさかさに膨れた忌まわしい顔を見た、素早く身を屈めて、目かどこかに――出来るならば目に――、もしくは口の中に突き刺してやるため棒を拾った。後頭部から歯が飛び出すまで、押し込みに押し込んでやる……。あの女はたきぎの束を鉤爪と化した手の片方に抱えて、もう一方の鉤爪の手でそれを俺に投げ始めた。俺はちょうど手の届くところにあった石を、奴の胸めがけて投げつける。奴はあおむけにぶっ倒れた。棒を持って馬乗りになった。奴は脚で俺を後ろへ蹴り飛ばした。俺は首に摑みかかった。奴の口も、目も鼻の穴も開いた。俺はあの女を見た。もうずっと、長い間こんな近くで顔を見たことはなかった。その時、俺の喉に奴の牙が突き刺さった。俺はうめいた。腹にだか膝にだか知らんが足蹴りを見舞って身を離した。俺は血を流し、罵りながら逃げた。あの女はたきぎを摑んで次々と投げつけながら、怒りで鼻を鳴らしていた。離れたところで俺は立ち止まり、錆ついたノコギリの破片をあの女に投げつけ始めた。あばずれ、このあばずれめ、しかし聞こえてきたのは奴の笑い声だけだった。あの高笑いときたら！挙句には奴が囁き始め、俺は用心のためその場を離れた。笑い声を上げているのか鼻を鳴らしているのか罵詈雑言を放っているのか、びっこをひくようにしてあの女が消えて行く、俺は囁き声を聞きながら、その姿に向かって言葉には出さず、鉤爪と目の仕草で、いつかお前をつかまえてやるからな！と叫んだ。囁きはいつものように大きくなり、すぐさま囁き取締軍の全部隊が捜索に乗り出した。怒りに燃え、噛まれた痕から血を吹き出しながら、俺は家に帰った。家に着くと自分の姿を確かめた。ひどい噛み傷だった。だが俺が見ていたのはそこではなく、あの女の、母親の顔と同じ、ほとんど同じ俺の顔だった。その顔を見つめ続けた。あいつだ、あの女と同じだ、石か何かで出来てるみたいな顔、その岩盤の真ん中に突き出している膨れた目。母親の顔がどんどん俺自身の顔になっていた。俺はどんどん奴に似てきていて、それなのにまだ奴を殺せないでいた。さらなる怒りと、恐怖とで一杯になり、俺はあの女を探しに再び家を出た、鉤爪で顔を触り、俺はあいつだ、俺はあの女なんだ、すぐにあいつを殺さなければすっかり同じになっちまう、そう考えながら。あの女をぶち殺すことだけを考え、いつものように俺は駆け出した。だが絶えず探し続けているのに、それ以来あの女の姿は見ていない。

2

ドン・キホーテと麗しき女狩人《かりゅうど》とのあいだに起こったことについて

複合家庭で暮らしていない俺は、何時《いつ》でも好きな時間に起きているし、そもそも寝ないこともある。やりたいようにやるだけだ、複合家庭に住んでいるわけじゃないんだからな。複合家庭を離れて生活するのは誰にでも出来ることじゃない。複合家庭に住むのは義務なのだ。初めは何度も複合家庭に連れて行かれた。そこには他の奴等と同じく、厳密に俺用に割り当てられた場所があった。俺は一人だから、床の一メートル余りの部分、つまり縦の身長と、腕をぴったり付けた体の横幅分が俺の場所だ。妻や子供の分を余計に貰ってる奴等もいる。良留《ヨル》になって、持ち場が割り当てられると、必ず自分の分より少し多めに場所を取る奴がいる。それがばれたら、割り当ては半分に減らされ、横向きに寝なくちゃならない。証拠がなくても、告発されるだけで場所は減らされる。ある家庭は減らされすぎて、一家がまるごと老いぼれた祖父の上に重なって寝ていたが、当のジジイさえも横向きに寝ている始末だった。初めのころ俺は告発を繰り返して楽しんでいた。しばらくすると飽きた。それで複合家庭を出て行った。俺は追われ、当然捕まった。再び複合に連れ戻された。労働に従事した。二度目に捕まった時、俺は多くの囁き犯を記したリストを手元に用意していた。俺は無言を貫いた。さらにリストを書き加えた。そのリストは信頼できるものだった。もっと数を増やすことを俺は約束した。俺はただ複合に住み続けたくないだけなんだと、そう伝えた。すぐさま、とはいかず、もっと後になってからだったが許可が与えられた。それからというもの俺は彼らに協力し続けた。当然今では、囁き取締局の一員、囁き取締員になっている。複合家庭で最も耐え難かったのは、狭い床で生活し眠らなくちゃならないことじゃなく、他の連中だった。奴等のすぐそばで眠らなきゃならなかった。他人の脚や、臍や、不細工面や髪の毛を拝まなくちゃならなかった。時々、隣りの奴のでか鼻を見て、そいつの息づかいを聞き、鼻や鉤爪を見ていると、たまらずにゲロを吐いちまった。人間の姿以上に奇怪なものなんか絶対にない。だが、奴等の隣りで生活し、連中の目や、舌や、乳を眺め、奴等の悪臭を吸い込み、ヨダレを踏んづけた挙句に軽はずみな囁きまで耳にするとなると、これは俺にはもはや奇怪を通り越して耐え難かった。特に挿入許可を得た時なんかひどい、一方では雌《めす》が鼻息やら嗚咽やら、うめき声やらヨダレなんかを漏らし始め、そうすると雄《おす》の側はきまって他のことは目に入らぬ風情で、女に跨り動き出す、するとビチャビチャとぬめった音や鼻をつく臭気がし始め、喚いたり蹴ったり鉤爪をばたつかせたりし始める、まるで自分で自分を絞め殺そうとしてしくじってるてな具合だ。それには本当に我慢ならなかった。複合家庭から出て行くか、自分がくたばるか、さもなくば他の奴等を皆くたばらせるかする必要があった。最後の策が最善だが、一番難しい。いつだって他人を破滅させるよりは自分がくたばる方が楽だ。誰かが破滅するのを見ると俺の心は安らぐ。俺自身が破滅させるのならばなおのこと安らぐ。その時誰かが、許可されてもいないのに遠吠えを上げた。これも俺が囁き取締員になった理由の一つだ、今の俺は自分自身で手を下すよりも、さらに多くの奴等を破滅させられる。たまに誰かがすぐそばを通ると、血が煮え立ち飛びかかりたくなる――その足、その間抜け面、その鼻毛――、でも俺は自分を抑える。舌はひくつき、歯からは熱いヨダレがこぼれる、だが母を見つけるまでは自分を抑えるのだ。

3 フロリダの発見

　そうして俺は家に、つまり、住んでいるところに戻った。俺はガラスの家に住んでいる。ガラスの、と呼ばれているのは、超厳郷からの命令一つで取り壊されちまうからだ。この家は先の大戦時のブリキや厚紙、棒きれ、鉤針や石ころやガラス片で出来ている。どこもかしこも鋭い切っ先やよじれた針金だらけだ。全てが錆と時間とで緑がかってやがる。暗くなると俺は見回りに出る。空を飛ぶ何かしらの（わずかに生き残った）生き物が、鉤針に引っかかるのだ。俺は家の中でばたばたいう音を聞く、ばたつけばそれだけ鉤針は食い込んでいく。裂け目から血が滴る。けだものは金切り声を上げる。俺は外に出る。今日はシラサギだ、いや違う、たぶんカモメだろう。俺はガラスの上をよじ登りながら、カモメ、カモメ、と口にする。鳥は羽を打ちつけ、すがるように俺を見る。その目の中に俺自身の姿が見える、少なくとも俺の顔の一部が、そう、俺の母親の顔が見える。俺は鉤爪で鳥を押さえ、ガラス片に擦りつける。内臓を抜いた後も鳥の足が二度ひくつく。喰らいつく。複合家庭に住む連中には決して味わえるはずもない美味。頭の部分を歯で噛み砕くのが最高にたまらない、頭の中でも、特に目のところだ。その目に俺はまたもや、あの女を、母親の顔を、自分の顔を見た。そしてまだあの女は始末出来ていない。再び外に出る。星の降るような夜、だがそりゃあ昔の言い方だな、つまりは空がごみ屑で満たされ、爆ぜながら流れ過ぎる大小さまざまの怒りに満たされてるってことだ。だが上の方で何が起きてようが知ったことか、外に出るのはこんな馬鹿騒ぎを見たいからじゃない、今ごろきっとあの女が俺を笑いものにしながらそこらをうろつき、一方の俺は他でもないあの女にますます似ていくことが分かっていながら、この家にじっとしてるなんて我慢ならないからだ。爆ぜるような空の下、俺はもう平野の只中にいる。もし今夜あの女を見つけたら……、そう言いながら、俺の手はすでに鉤爪となり棍棒と化していく。今夜あいつの喉に一撃を喰らわせてやれたら……。もう我慢出来ずに鉤爪はぐねぐねと絡まって伸びていく。今日こそ首を斬り落としてやれたら……、俺は歩き出す。その方はあの、怒れる囁き取締員だ、俺に身分証を提示させようとした囁き取締局員に、もう一人の局員がそう告げる。二人は俺に敬礼する。奴等など眼中にない。俺はあの女を探し続ける。

4 白い色と青い色は、はたしてなにを意味するのか

言うまでもなく、俺は常に母を憎んできた。つまりそれは、あの女の存在を認めて以来ずっということだ。初めあのけだものに対する憎しみは発作的なものだった。やがてそれは消えなくなった。ある日俺は鏡で自分を見て、あの女を思わせる何かを感じた。再び見た時はますます似てきていると分かった。もう一度自分を見て、しばらくしてまた見た時、より一段とあの糞女に似てきていた。その時にはもう憎しみは消えないばかりか、増し続けるようになっていた。それからというもの俺は自分の姿を見続けた。そして、俺がどんどんあの女に似ていっていることを、俺の目や、鼻や、足やツラ構えがますます母親のそれになりつつあるってことを、より一層はっきりと理解した。つまりは、俺が俺であることを止め、母になろうとしていることを。俺にはもちろん、あの女を早く殺さなければ

ば自分が母になっちまうのが、母そのものになっちまうのが分かっていたし、今も日ごとにはっきりと自覚する、そしたら、俺があの女になっちまったら、どうやってあの女を殺せるってんだ？　俺は複合家庭用ナイフを持って走り出し（当時俺たちは複合に住んでいたのだ）、あの売女が強同体《きょうどうたい》用のつなぎを洗っているところへ行き（週に一回、複合内の誰かが全部のつなぎを洗わなくちゃならない）、素早く奴に突き刺してやろうとする、どうなろうと構わなかった、どんなことだろうとあの女を生かしておくよりもよかった、生かしておけば俺は飲み込まれちまう、殺されちまう、おまけにそうなるには、俺が囁いていたと告発するだけで十分だったのだ……。だがあの雌馬は振り返り、強同体用の汚れ物桶ごしに驢馬《ろば》みたいにいないないて、ブリキ盥《だらい》をべこべこにへこませながら、一目散に皇苑《コウエン》へ逃げ込んだ。広場で奴が金切り声を上げた。人殺し、母親殺しだよ、捕まえとくれ、あたしを殺そうとしたんだよ。俺は大きな柱に縛り付けられた。身を守る術は心得ていた。あの女は（超厳師が考案した）偉大なる強同体大桶をへこませたんだぞ、俺はそう言った。わざとへこませながら、超厳師への侮辱を喚き散らしてたんだ、そう付け加えた。あの女は否定したが、逃げる時に大桶のホウロウをへこませていたのは事実だった。あの女は拷問のために連行され、複合家庭の誰もが即刻処刑を望んだが、奴の件は説明もないまま上官たちの判断に委ねられた。後になって聞いたことだが、あの女は自白を求められず（わけが分からない）、何も罰を受けなかった（これも説明がつかない）。噂によれば、実はあの女は囁き取締局の局員なのだとのことだった。その時俺は、考えれば誰でも分かることだが、生き延びるためには囁き取締員になるのが一番だってことを理解した。それから一週間足らずで、俺は百人以上の囁き犯を告発し捕まえた、俺自身が奴等の首根っこを摑んで連行し、首枷を付けた後、移動式独房に引っ張って行って民衆裁判にも参加した。俺自身志願して処刑も執行した。そうして今や、俺は囁き取締員だ。いつでも（党の認可があれば）好きな時に超厳郷を離れることが出来る。俺は喋ることが出来るし、囁いた後でそれを隣りの奴のせいにしてぶち殺すことも出来る、実に愉快だ。それからもちろん、強同体スープはスプーン二杯分貰える。けれど俺の母親はまだ生きていて、俺はどんどんあいつに似ていく。俺が囁き取締員になったのは、あの女を追い詰め見つけ次第消してやるためだ。後は野となれ山となれ。でもあの女を始末しないうちは、不安で頭がおかしくなりそうだ。例の怒れる囁き取締員だ、と俺が通り過ぎる時に局員の一方がもう一人に答えて言う。警柵所を越えてもまだ視線を感じる、どこか戸惑ったようにずっと俺を見ている。今日は超厳郷の独房をどれも囁き取締員どもで満杯にして、あいつらに俺の怒りがどれだけのものかきっちり思い知らせてやろう、そう俺は心に決める。

5

イギリスの大学者、パンタグリュエルに論争を挑もうとするも、パニュルジュに負かされてしまう

皇苑《コウエン》にある勉知《ベンチ》の金属の突端に向けて、太陽がうなりを上げ始める。超厳郷の隅々まで、早朝超厳帥讃歌が鳴り響くが、言うまでもなくこれは超（あるいは超絶）厳帥を褒め讃えるとともに、起きて工場や農園に行くように命じるものだ。明るい日差しが満ちる。勉知《ベンチ》の後ろ、絡め取られた連中の脇で俺は小便し、少しばかりゲロを吐く。すぐに俺はバスを作る列に加わり、肘を隣りの奴の肘に絡め、それが次々連なって七十五人になると、交通担当員が**満員だ**、と叫び鞭をビュンと一振りする、すると数珠つなぎに肘を組み合いバスと化した俺たちはすぐさま出発する。俺たちは歩く。真隣りの部品になっているジジイが床を見つめ、それから俺の方を見る。俺は目で奴に怒鳴りつける、なんだ、糞ジジイ、なんだってんだ、老いぼれのエテ公、年食ったオカマめ。ジジイは察したのかどうか、俺を

見るのを止め、最初の解体地点で降りる。俺も降りる。早朝超厳師讃歌が止む。拍手が聞こえ、その後に**おはよう、可愛い我が子らよ**、という超厳師（または超絶厳師）の声が、あちこちの拡声器越しに響き渡る。再び一段と大きな拍手。その時急に、拍手の最中だというのに、囁きが一つ、この期に及んで正真正銘の囁きが。俺は走る、逃がすわけにはいかない。手柄を立てたい他の奴等も俺の後についで走ってきやがる。そうはさせない。俺は追跡を止め、囁き、後ろを走る子供に鉤爪を突き立てて言う、ああ、貴様か、この糞ガキ！　少年が抗弁する。素早く首を締め付けると、抗議の声は囁きに変わる。こいつ、まだ囁くつもりか……。殴りつけ蹴り飛ばしながら、首枷を付けさせたガキを最寄りの移動式独房まで引っ張って行き、鍵をかけ、外の黒板に俺の囁き取締員番号を書き込む。これで手柄を立てた英雄は俺だと分かる。超絶厳師の誉れ高き挨拶が拡声器から再び繰り返され、それはつまり俺たちがもう生産を行うための行列や、持ち場や、施設や集会場や作業場にいなきゃならないことを意味するのだ、**良き朝を、可愛い我が子らよ**。その声を聞いて、俺はなぜかまだ母親を見つけていないことを思い出し、さらに怒りが募る。人っ子一人いない道をぶつぶつ言いながら横切って行く。その後俺は、皇苑《コウエン》の鉤針に捕まったばかりの連中が、死人用刑務所に運ばれて行くのを見て少し気を紛らわす。針だらけの勉知《ベンチ》を備えた皇苑《コウエン》のアイデアは、もちろん超厳師が考えたもので、不満分子どもは常に怠惰を好むものであり、それゆえ（唯一の公共座席である）勉知《ベンチ》に腰かけるから、針で串刺しになり逮捕と同時に処刑されて、自分でも気づかぬうちに馬脚を露わす、ってわけだ。超厳師の誉むべき発明による、かくも気高き英雄的功績。

それで俺は勉知《ベンチ》に近づき、良留《ヨル》のうちに小蠅よろしく罠に落ち鉤針にかかった奴等の針を外し始める。そいつらを死人用独房へと引きずって行く。鍵をかけ、黒板に番号を書く。仕事の調子に関しては、今朝はなかなか悪くない。

6
イリアスの隠喩

昼になり労働量は倍増する。太陽が自堕落な連中の背中をじりじりと焼く、反シエスタの時間が始まり、奴等はあらゆる種類のがらくたや石ころ、厚紙のプラカード、いつの時代のものか分からん空き缶を拾い集めて、まとめて皇苑《コウエン》に運んで行く。全部集まったら、もう一度それを撒き散らし始める。それから奴等は一層嬉々として、再度収集に取りかかるのだ。その後、反シエスタの時間が終わると、労働時間が再開され、一人また一人とバスを形成し始めては、それに乗って生産を行うための行列や集会、工場や部署へと向かう。俺はまた一人ひとり眺めて回るが、ほとんど全員見たことのある奴ばかり、くたびれ果てたひょろひょろの雌牛ども、ぼさぼさ髪だったり禿げ上がっていたりの、がりがりの去勢豚ども、一番おぞましいのはガキどもだ、分厚いぶかぶかの複合つなぎにくるまって、その緑がかった甲羅にいつまでも馴染めずちんたら歩いてやがる。一人のガキが、追い越しざまに複合つなぎの裾を踏まれてよろめく。何百もの素足がそいつを踏んづけて通って行く。そいつはやっとのことで起き上がり、次のバスを作る列の先頭に並ぶ。俺は全員を観察した後で最後のバスに乗り込む。奴等の中に俺の母親はいなかった。太陽のせいで今や奴等の皮膚は強烈な悪臭を放っているが、もちろん連中は分かっちゃいない。俺は奴等といつも一緒にいるわけじゃないから分かるのだ。バスがぬかるんだ道を通る。足並みはさらに速度を増し、肘はがっちりと組まれ、泥に沈んだ膝が素早く引き抜かれる。後ろの奴が前の奴を押し、前の奴はそのまた前の奴を押す。バスはどうにか沼地を抜け、定刻通りに生産のための行列に辿り着く。連中はバスを降りる、バスを降りているかのように振る舞う。黙りこくって、泥だらけのツラで。本物のバスに乗ったことのない一番年少の奴等にとっては、実際これが下車すること、実際これがバスを降りるということなのであり、本物のバスを知っていたわずかな連中も、それを思い出そうとすらしない、奴等は記憶がどれだけ高くつくか知っていて、唯一記憶しているのは偉大なる超厳師の言葉だけなのだ。**記憶は堕落であり罰されるべきである。最高刑に該当する。**俺は今奴等の中に混じり、馬鹿でかく窪んだ目をしたこの牛ババアの後ろに陣取っている。この雌牛は本物のバスを覚えているだろうか？　こいつが俺の母親じゃないのか？　俺は女を見て、自分の顔を触る。いや、まだ俺はこいつとは別人だ。行列がどんどん進む。家族給養の時間なのだ。この列に並ばない奴はいない。母が超厳郷にいるならば、ここに来なきゃならないはずだ。

牛の目をした女が、興奮と緊張に震えるようにして、家族給養水が沸き立っている鍋に近づいて行く。俺はずっと奴等を見ている。すでに黙って食い始めてる奴もいる、喋ってはいけないからだ。ほとんどの奴等は牛ババアと同じように、興奮し、感激して、唇をぶるぶると震わせている。びくびくした様子で並んでいる行列を残らず見渡す。一人ずつ首を斬り落としてやれたら。後ろの奴、前の奴、哀願するように椀を差し出してる奴、全員、全員だ。奴等の中に変装した母がいるってことはないだろうか？　このみすぼらしい老いぼれ、こいつが、俺の母親じゃないだろうか？　いや、変装は禁じられている。自分を抑えなくては。好き勝手にやりすぎちゃいかん。母を亡き者にすることに全身全霊を注ぐのが肝心だ、何よりもまず、他のどの奴等よりも、あの女、お前がどんどん似てきているあの女を。このけだものどもが一体何だってんだ？　楽しみたけりゃやっちまえばいい、だが危ない橋は渡るな……。俺は気持ちを落ち着け、長い行列に並び続ける。しかし、あのぶるぶる震えている大牛女が鍋に近づき、反シエスタや労働時間の証明書、超厳帥平野や大愛国広場に欠かさず通っている等々の証明書を取り出した時、俺は囁き始める、こんな風に、静かに、気づかないくらいに、もう何度もやってきたように、唇を閉じたまま。すると杓子で注ぐ係が罵りの声を上げる。超厳帥万歳！と叫んで、係は大鍋をひっくり返す。すでに礼を言う準備をし、担当係に椀を差し出しながらうめいていた牛女は、恐怖でうなり声を上げる。この売女、犯罪者め！　俺は怒鳴りつけ、囁きのせいで給養スープをおじゃんにされた連中が陶然と見つめる中、首根っこを摑んで女を引きずり出し、武装用の大鉤爪で処刑する。ろくでなし女に罵詈雑言が止むことなく浴びせられる。そろそろ混乱を収めようと、番号を記入した女の死体（もう一丁お手柄だ）を踏みつけながら叫ぶ、超厳帥万歳！　生産に戻れ！　皆が万歳を叫びながら、生産の列に加わって行く。万歳！　俺はもう一度叫び、笑いながら考える、ともあれこれで、この喚いてるけだものどもは——俺も含めて——今日は飯抜きってわけだ。

7

大きなものよりも小さなものに示される創造主の賢慮と摂理とがいかにひときわきわだった光彩を放っているか

腹ぺこのまま、奴等は複合家庭に帰るためのバスを作った。こうなると奴等の姿も愉快なくらいだ。臓物が五月蠅《うるさ》く鳴ってやがる音を聞く。唇から発する、万歳！という叫びを聞く。連中のあのがさつの顔が、何回喝采を叫んだか他の顔を監視している様といったら見物だ。見張られてることを意識し、一層大声で叫んでいる群れを眺める。笑いが止まらない。爆笑しそうになる。喝采がまた一段と強まる。雌牛どもや去勢豚どもは、午後の間ずっとがむしゃらに働いていた。囁きが起きたせいで緊迫度が増し、少しでも怠けたらひどいことになるのが目に見えているからだ。だが本当のことを言えば、奴等が働くのはほとんどの場合何か処罰を恐れてのことじゃなく、奴等が退化しただけだものだからなのだ。

8

グスマン・デ・アルファラーチェが、フィレンツェで死んだ物乞いとの間に起きた出来事を語る

退化したけだものとは言い得て妙だ。野生のけだものはこんなにひいこら働いたりしないからな。

9

ペリクレス

奴等について一番ぞっとするのは、あの古びた尿の臭い、山積みの糞の臭いだ。連中の体はどこか死んだ動物を、いや、完全には死なず、絶えず化膿し続けているような動物を思わせる。俺は確かめたんだ、奴等が放つ悪臭はさまざまで、遠くから嗅ぐのと、もっと近くで嗅ぐ臭いは違う、すぐそばにいる時はこれまた違っていて、当然最悪の臭いだ。でも、たぶん一番忌まわしいのは奴等の臭いじゃなくて、大半が丸刈りの頭、汗の垂れる太く青みがかった首、それに何といっても奴等の目だ、いつも眼窩の奥に落ち窪み、目を大きく開いたらお上を怒らせかねないからと、瞼は半開きときてやがる。歩いてる鉤爪の先っぽをずっと見てるか、それとも何も見てないかだ。だが違う、一番忌まわしいのは奴等の骨だ、今にも破裂しそうな長い血管だらけの、老いぼれたエテ公の骨。奴等が歩く時の、奴等がごそごそ動き出し、運ぶべき荷物を上体の鉤爪でのろのろと持ち上げる時の、あの骨が軋む音を聞くと、どれほど俺の怒りが極まり、骨をへし折ってやりたい気持ちをどれだけ抑えなきゃならないことか。今、輝かしい一日の終わりと良留《ヨル》の始まりを告げる讃歌に合わせて、奴等が穴を掘るのを眺める、身を屈めて地面を掘り返しているが、救耀《キユウヨウ》時間のため聞こえてくるのは作業でギシギシいう骨の音だけ。何て嫌な、何て嫌な音なんだ、ギシギシ、ギシギシと。

10 ソロモンの雅歌

だが違う。そうじゃない、一番嫌なのは奴等が、もちろん複合家庭に戻って協約と許可書にサインした後での話だが、愛国的生殖行為で絡み合ってる姿を時折目にすることだ。戦いの火蓋はまず、ぐずぐず泣く女を蹴り飛ばし、殴りつけ、四つん這いにさせることで切って落とされる。その後でようやくまぐわい始める。雌犬役の女が豚野郎にあばらをなすりつける。男の方は、一見女の首をへし折ってるみたいに見えるが、実際には胸の骨をいじくっているのだ、女をあちこちに引き倒して大騒ぎするもんだから、汗でぎとぎとの他のゴキブリどもは落ち着かない様子で、番《つが》うことも叶わずにただじろじろお互いを見ている。ようやく、男が蜘蛛を仕留める蠍の動きをし、女が悲鳴を上げる。野郎が一層激しく女を足蹴にすると、骨がパキパキ鳴り、二匹の畜生の体から湯気が立ち粘液が飛び散る。

そして、もごもご言いながらまどろんだまま協約で決められた時間（普通は三十分）が終わると、監視員が奴等を引き離す。何がひどいって、汚液を垂れ流しながらやってる間は、仮に腐食酸をぶっかけようが何か引火物で火をつけてやろうが、畜生どもは互いに離れようとしないだろうし、例のもごもご籠《こも》った声を上げ続けるだろうってことだ。信じられないかも知れんが、本当のことだ。俺自身が確かめてみたんだからな。

11

インドのマゼラン

良留《ヨル》の間は、ただ何発かの足蹴りをお見舞いしてやった程度で仕事を終える。ガラスの家に戻り、来る日も来る日も観察してきた連中の中に、どうやら俺の母親はいないらしいと考える。ならば超厳郷の外に出なければならない。俺は役所へ向かう。身分証を見せて入館する、外に行きたいんだ、旅に出たいんだ、だがこの口実が何だか面倒になり、俺は囁き取締局の事務司長に望みを打ち明ける。母親を殺したいのですが見つからないのです。囁き取締局司長はどうでもよさそうに俺を見て、申請書をよこす。俺は最後の補足所見欄に、「母こそが囁き団の指導者ではないかと考えます」と記入する。

また別の待合室に通される。囁き取締局の副長官が俺を出迎える。座れと命じられる。八十を超えた老人だ。歴戦の闘士。

——超絶厳帥万歳！——俺が座るとそう言って挨拶する——用件を言え——今度はそう言う。

俺はほぼ前置きもなしに、母親を抹殺したいという願望を説明する。

——至急実現出来なければ——俺はそう付け加える——私は自分を殺すことになります、そうなればあなた方にとっても損失です。

老人は俺を見る。

——超絶厳帥万歳！——老人は再び叫ぶ。これは俺に向かって叫んでるんじゃないってことは分かってる、そこら中に山ほどある受信器に向かって叫んでるんだ。どうしたものかな——その後そう言った声からは、溜息をつこうとしたけれど抑えた、といった気配が感じられた——。お前の問題は個人的なものだ、家庭に関わる問題ではない。母親を殺そうが殺すまいが、複合家庭に何の関係があるというのだ？

俺はもう一度、母親が囁き団の指導者ではないかという疑念を説明する。

——超絶厳帥万歳！　囁き団の指導者でも、単なる団員でも構わん、証明してみろ、そしたら必ずその女を見つけ出してやろうじゃないか——そう言って、微笑んでいるらしく分厚い唇を広げながらもう一度繰り返す——証明してみろ。

——ですがそもそも、私が母を殺そうが殺すまいがあなた方に何の関係があるというんです。私は最も優秀な局員の一人です。日々さらに成長しています。ただ、あの女を始末しないうちは、仕事に集中出来ないだけなのです。あの女が頭から離れない、離れないんです……。お願いしたいのは、超厳都や大厳後都内の複合家庭のリストで、あの女を探して頂きたいということだけです。すぐに済むことですから。

——お前の目指すものが、複合家庭のためを思ってのことなら理に適うのだがな……。

——ですから母は……。

——超絶厳師万歳！……。お前の母親は囁き団員ではない——もううんざりといわんばかりにそう言った後、もう一度平静を取り戻す。——ここに通すのを許可する前に、大秘書官と話をしておいた。これが出柵証だ。有効期間は六カ月。だが個人的な目的ではなく、愛国的使命のために行くのだからな。我々はこれ以上一つも囁きは望まん、命令通りに拍手が起き喝采が叫ばれるのでなくては。囁き一つも、一つたりとも、事前計画にない言葉は一語たりともあってはならんのだ。お前は、大秘書官を通じて超絶厳師が直々に下されたこのご意向を果たさねばならん。今すぐ出発していいぞ。お前の母親に関しては、我々の関心事ではない。我々が気にしているのはお前のその憎しみだ。いずれにせよ——その口調は今や父親じみている——殺せるなら殺したらいい、大秘書官はお禁じにはならん。

——超絶厳師万歳！——俺はそう答え、退室するが早いか警柵詰所へと向かう。

12 メネラオス奮戦す

第一柵に着く。すぐさま警柵員たちが銃を向けてくる。規則通り、俺は一言も発さずに書類を、超絶厳帥の大秘書官が殴り書きのサインをした許可書を取り出す。すると警柵員は、俺が着ている他の住民と同じ青いつなぎを調べる。隊で一番上官っぽい男が、厚紙に何やらうねうねと書きつける。取り調べは以下の手順で行われる。取調官がゆっくりと、空白欄のついた質問表を読み上げる。俺の答えは各質問の下にチェック印とともに記される。何度かうなり声を上げさせられ、地面を蹴りつけさせられ、もちろん、偉大なる超厳帥万歳！ と叫ばされる。そうしてようやく、俺は警柵所を通過する。

これで超厳郷の向こう側、つまり大厳都の一つにやって来れた。今は救恵《キユウケイ》時間だ。家族給養の時間が終わり、誰もが声を出して話すようにとのお達しに従っている。だから皆が叫びまくっている。今回気づいたんだが（前回柵を越えたのはずいぶん前の話なのだ）、大厳都の連中は（言うまでもなく首都である）超厳郷とは違って、落ち着きがなく輪をかけて獣じみている、けだものどもめ、お仕着せの青いボロを纏い丸坊主になって、一層激しくケツを動かしている畜生ども。そう、例えばあの集団だ、確かに叫ぶよう公に定められた時間帯だとはいえ、いくら何でもあのケツの騒がしい動きときたら、超厳郷よりもひどい。あちらでは何事ももっとのろのろしていて灰色がかっているが、ここでの物事は赤みがかっていてせわしない。その動きには陶酔感が、本気が感じられる。俺はあそこにいる二人組を観察する、連中と、皆と同じくケツを動かしつつ、仲間に加わるふりをして近づき、観察する。時には奴等と同じく四つん這いで歩き、奴等と同じく鉤爪の先で立ち上がる。ケツを動かしながら観察し続ける。タカタカいう音に合わせて好き放題に喚き散らしているあの雌馬が、俺の母親じゃないなんて保証がどこにある。動きを止めないまま俺は向きを変えて、そのツラの目前まで来る。もう一人の畜生と一緒にいるこの雌騾馬《らば》は、あろうことか俺に向かって微笑むという無礼を働く。込み上げるひどい吐き気のせいで、女をまともに見ることも出来ない。俺は立ち入り許可区域の隅まで行って嘔吐する。だがあいつが俺の母親だったらどうする、そう俺は自問する。俺は騒ぎの中に戻って行き、四つん這いで飛び跳ねながら、あの二人に近づく。ヒュウ、ヒュウと声を上げる。するとあの腐れまんこの畜生が再び俺を見る。今度は俺もじっと奴を見る、もはや吐くものなんて残っちゃいないからな。女は今度は微笑むばかりか、体を揺すりながら、俺の鉤爪を握って体を動かすよう促している。奴を観察し奴に触れるべく、俺は体を揺らす。白くすべすべしたおぞましい顔に触れる。感触に身の毛がよだつ。女は再び微笑む。憤怒を込めて女を見る。女は微笑み続ける。もし一つでも、ほんの一つでも母親を思わせる特徴があったら、今すぐ絞め殺してやる、だが女は痩せて背が高く、まつげが生え、口元には信じ難いことに、歯が勢揃いで輝いてやがる……。もしあの女に似てるのなら、ほんの少し囁いてから首根っこを摑み締めつければそれで済むのだ。母の首には少しも似ていない首を俺は摑む。女は微笑む。俺が奴を愛撫するとでも思ったんだろう。鉤爪が首を絞め始める。恍惚のうちに俺を見据える、大きく開かれた女の目が見える。その瞬間、体揺すりの時間が終了したことを告げる、ギリンダン、という合図の音が鳴り響く。皆は体を動かすのを止め、厳かに仕事道具を手に取り、引き具に繫がれて、今日の良留《ヨル》にあてがわれた労働地区へと出発する。女はしばらく俺の鉤爪に触れた後、わざわざ振り返ってまでまた俺を見つめ、挙句には、バスを組んでいる最中でさえ俺に合図を送っていたようだった。とんでもない売女めが。

13 魂の輪廻　最後の至福

この大厳都一帯で行われている労働とは、ほとんど全ての大厳都と同様——言うまでもなく複合内での話だが——、過去のものとなった記章やポスター、旗などを集めること、そしてそれらを噛み砕き、粘土のような粘性万能土塊に変えるというやつで、その後さらに（糞尿や血など）他の材料を混ぜて、もう一度プラカードや旗などに作り変えていく。そもそもが一苦労なこの作業だが、ここ最近はそれにも増して重労働になっている。というのも、超厳帥降臨の栄光を刻む一大行事である大記念祭が近づいているからで、当然これを言祝ぐ何百万もの象徴物（旗やバッジやブリキ板）の製造に全精力が注がれているのだ。皆が懸命に働いている。十時間ごとに休止が入り、超厳帥を讃える讃歌が一字一句違うことなく歌われる。俺は目を光らせ、その大群を観察して回る。今奴等は身を屈めたり、物を拾い上げたり、咀嚼したり、大袋の中に吐き付けたりしてやがる。噛んでいない時、つまり身を屈めている時には、巨大な群衆は完全な統率のもと「超絶厳帥万歳！」と声を上げ、すぐさま反芻し始める。沈黙、それはつまり咀嚼して大袋の中に吐き出している時。異口同音に叫ばれる「万歳！」、それはつまり身を屈めてごみを集めている時。俺は奴等を一人ひとり観察する、身を屈め、反芻し、咀嚼し、また屈むのを、再びまた腰を屈めて、「万歳！」と繰り返し叫ぶのを見る。違う、どれも俺の母じゃない。ここにもあの糞女はいない。

14 ネールの塔

事故だ。踏みつけ事故。ある奴が別の奴のつなぎを踏んで転んだ。他の奴等は万歳三唱をむぐむぐ唱えながら、肩に担いだ大袋に物を拾い上げては反芻しつつ踏みつけて行き、そのけだものは雑踏の下で息絶える。その後ろとさらに後ろの奴等が続いて、大鉤爪を喰い込ませながら踏みしだいて行き、そいつを拾い集め咀嚼して背中の大袋に吐きつけていく。ろくでなしは塵一つ残さなかった。

15

一般にカリブのものとされながらも実は異なるキューバ出土の石器

もし、転んで踏み砕かれ、万能土塊と化し袋詰めにされたあの番号が俺の母親だったとしたら？もしあれが母だったのならば、もはや俺は存在しない、そしてそれゆえに葬り去ることの出来ない何かを追い続ける呪われた一生を送らなければならない、むしろ存在しているか否かを知ることが絶対に出来ない以上、その何かこそが俺を永久に葬り去り続けるのだ。だから何より重要なことは、母親が死んでいるという事実ではなく、それを知っていること、さらにそれにも増して、あいつを殺したのがこの俺だと知っていることだ。さもなくば、俺は実際にあの女が亡き者になったという完全な確信を得ることが出来やしない。間違いなくあの女は、俺が奴を追っていると、死んだふりをしなければ俺が追跡を止めないと分かってやがる。詰まるところそれこそが、追われていると感じる者が取るべき策なんだろう。すでに自分が始末され、けりが付いたというふりをすりゃ、相手の奴がそこいらのボンクラなら捜索を止めてしまう、そしたら追われていた者は背中に飛びかかってぐさり、そいつを亡き者にして平安を取り戻すってわけだ。だがその手には乗らん、俺は絶えず首を動かしてあの女を探し続ける。俺が生きている間ずっと奴を生かしておくわけにはいかない。奴の方が俺を葬り去るだなんてさせるものか。何はさておいても、あの女がすでに亡き者となっているなんて考えは受け入れられない。それに、何にも増して、何はさておき、何よりもまず、とか何だか知らんが、俺じゃない誰かが実際にあの女を亡き者にしたり、奴が自ら自分を葬り去るなんてこともあってはならない。それこそ俺の身に起こり得る最悪の事態だ。だってもしそうなったら、俺はどうやってあの女が存在しないことを確かめられる？　どうやって俺の想像や恐怖の中に存在しないようにすることが出来る？　そう、だからあの女を見つけ出して始末するのはこの俺じゃなきゃならない。さもなくば――始末されていようがいまいが、俺がそれを知り得ないとしたら――、奴こそが俺を始末することになる。そして俺は、おぞましいことに、あの女になってしまうだろう。

16

蛇の武具の騎士たちが、いかにしてガウラの王国に向けて船出した際に嵐に遭い、魔術師アルカルスの手になる奸計によって深刻なる生命の危機に瀕したか、およびそこから逃れた後いかにして船に戻って旅を続けたか、また冒険を求めるドン・ガラオルとノランデルが偶然同じ道を辿り、いかなることが彼らに起こったか

だから、俺がまず第一にすべきことは、俺以外の誰かが母を亡き者にする事態を避けることだ。もしそうなったら、俺に逃げ場はない。だから、俺がまず第一にすべきことは奴が始末される危険性が最も高い場所、総合社会復帰収容所や愛国刑務所、あるいは発言撤回ホールを探すことなのだ。急げ、

急げ、あの女がぶち殺される前に、俺があの女をぶち殺す。もし奴がどこか別のところにいるのなら見つけ出せるだろう、だがそれらの場所だったなら、すでに始末されてしまった女をどうやって見つけ出せるというんだ？　畜生め、さあ行くんだ。

17 花咲く乙女たちのかげに

　愛国刑務所への入所許可を得るには良留《ヨル》が来るのを待たなくちゃならない。それ以前には不可能だ。なぜなら大厳都の役人は皆、住人を数え、点検し、再々照合点検することに従事する義務を負っているからだ。他の大厳都や大厳副都、大厳後都や超厳郷と同じく、ここでの計測は次のように行われる。当の畜生は、即ち雌牛か去勢豚かのどちらかなのだが、背中に番号を振られ、番号順に列を作って帳簿係の前を通り過ぎて行く。これは極めて迅速だ。帳簿係は豚のうなじを見て帳面に殴り書きする。もし誰かがいない場合には、次の奴が当人の身分証と個人用つなぎを持って来て、帳簿係の助手の一人に手渡し、帳面には欠番の原因、つまり当人が持ち場にいない理由が記されるが、それはただ一つ、反逆罪でしかあり得ない。なぜならこの社会では、超厳帥が仰った通り、病気になることは反逆罪、御言葉を借りれば最も重い反逆罪なのであり、俺も病気の奴に出くわした時には、その演説を復唱しながらそいつを移動式独房にぶち込んでいる。何より俺自身、病気は重大な反逆罪だと固く信じているのだ。病人が強同体のために働くことが出来るってのか？　公共の善のために力を合わせるのを止めること、これこそ我等が兄弟姉妹の犯し得る最悪の犯罪の一つでなくして、一体何だろう？　それに結局のところ、どうやって本当の病人と、病人のふりをしているが病気じゃない奴とを見分けられるってんだ？　さらに言えば本当の病人ですら、未来を含めた古今東西のあらゆる社会の中で最も純粋かつ健康な社会に暮らしていながら病に蝕まれてやがるんだから、反逆者に他ならないということに異論などあり得るってのか？　病気とはまた何たる反逆行為だ……感染する反逆罪とはな……。そんなことを考えながら、俺は金属製の大檻の一つで立ち止まって、超厳郷で毎日行われていたのと同様の計測風景に目を光らせる。だが通り過ぎる番号はどれも俺の母じゃない。囁き取締員の身分のおかげで所持出来ている小鏡をしょっちゅう取り出しては、自分の顔を見返す。それから列に並ぶ雌牛どもを見る、違う、どれも俺の母じゃない。そこで俺は、愛国刑務所の執務部へ向かう。ここでの良留《ヨル》は真っ暗で、どの皇苑《コウエン》にも切れていない街灯が数個は残っている超厳郷とは違って、全ては柵を照らすために使用されているのだ。良留《ヨル》のアイデアは（他の全てのアイデアと同じく）超絶厳帥の手になるものだ。《一体いかにして》、俺はこの演説もいまだに思い出せる、《我々の社会に夜など想定できようか？　ならん、容認など出来ぬ、我々はこれを撤廃する》。そうしてあの方は良留《ヨル》を作り、そこでは我々は昼にも増して労働と楽観主義を維持し続けなければならない。《従って我々は、言語から、記憶から、そして現実から、反動的な過去の遺物としてある、あらゆる退廃的かつ生を貶める概念を撤廃しよう。生と同様、言語もまた楽観化しようではないか》。そうしてあの方は良留《ヨル》を作ったのだ……。声に出して演説を繰り返しながら歩いていたために、俺は移動式独房にぶつかってしまう。強烈な一撃だったが、もちろんこのことを言っているのではないにせよ、《いかなる打撃が我々の鉄の楽観を損なうことが出来ようか?》だ。超厳師の御言葉に俺は気を持ち直す。その檻の傍らに立つと、中からうめき声のようなものが聞こえる。四人がいるな、俺は横木の間に少し身を屈めて奴を見る。少年だ。俺は吐き気を覚えて後ずさる。うなり声を上げるそのガキは、誰もがしているような丸坊主ではなく、逆にふさふさした髪を見せつけているのだ。そいつの罪状が何なのか聞く必要すらなかった。明白だ。両目に強烈な一突きをお見舞いしてやるべく鉤爪を差し入れた時、俺の手が奴の髪に触れ、その感触に総毛立つあまり俺は飛びのく。信じ難いのは、こんな風に髪を伸ばしている奴を監視局が放っておいたってことだ。例え注意が行き届いていたとしても、大厳都は超厳師の常なる存在が全てを監視している超厳郷とは違う、これは否定し難い。ここ、大厳都や大厳副都、大厳後都こそ、母が生き延びる可能性のある場所だ。これらの場所をここ俺は探さなきゃならないのだ。

18
七つの封印（あるいは「然り」と「アーメン」の歌）

母の耳は長くて、がさついて厚ぼったく、まるで巨大な蝙蝠とか、鼠とか、犬とか、象とか、ともかく何か獣の耳のよう、絶えず警戒している。丸く、ぎょろぎょろと突き出た目は、鼠とか蛙とか、何でも構うか。鼻は怒り狂う鳥の嘴《くちばし》のよう、長く伸びると同時に丸みを帯びた鼻面、鼻っ柱は、あたかも犬とか大蛇とか、何て言えばいいんだ糞ったれ。せわしなく動く短い首は、梟《ふくろう》とか潰された鷺《さぎ》とかどっかの気色悪い畜生のもの。見つけるたびにますます膨らんでいるように思える、青いつなぎの制服に包まれた体つきたるや、でっぷりとして、でかく、出っ腹、太鼓腹で、どっかりと、巨大で、悪臭を放ち、あちらには毛が生え、こちらは薄汚い白、全くもって厚顔無恥だ。歩き方は抜け目のない雌山羊のようで、糞を垂れ流す恍惚を絶えず感じながらも怒り狂っている何かのよう、不愉快な、発疹が出てくたばりかけていながら、いつまでたってもくたばりきらない奴の歩き方みたいだ。最後にあの女を見た時、動くたびにポス、ポスって感じの音を発しているようだった。きっとあの性悪女は囁いてやがったんだ。なのにそれを俺は絞め殺すことが出来なかった。分からないのは、奴がどうやって馬鹿でかい雌馬のような体型を維持しているのかだ、なぜなら——政府の規則によって——厳密に骨と皮だけの体重値を超えた者は、威圧尋問にかけられることになっており、もしそれが強同体財産に対する盗みにあたる（それ以外なんてはずはない）場合には処刑される、例え強奪だろうが、病が口実だろうが、本当の病人、つまり実際に病気にかかっているのだろうが同じことだし、本当に病気の場合だったら生産を停止しなおかつ他人を汚染する二重の犯罪ということになる。あのけだものめ、わけが分からん。あるいは規定の服の上にさらに服を重ね着してやがったってことか……。俺は自分の顔を見る。自分を触る。鼻っ柱に触れ、長く厚ぼったい耳に触れ、腹をさする、ここには毛が生え、ここにはない。規定のつなぎ以外は身に着けていない。俺はあいつだ、俺はほとんどあいつみたいだ。恐慌をきたした俺は、超厳帥の見ている夢を言祝ぐため良留《ヨル》に向かって銃をぶっ放している、囁き取締局軍のところへと走り込む。あの女はこの囁き取締局の将校の一人なんだろう。将校たちは他の者より恰幅が良いし、歩く時プス、プスみたいな音をさせている。俺は奴等に触れる。身分証を提示しながら、連中の鼻面を、腹をさする。だがどれもあの女じゃない。誰一人あいつではない。俺は囁き取締局の上位将校たちの人相を全て見せてくれるよう願い出る。誰も、誰一人としてあの女ではない。そこで俺は確信する、あの巨体なんだ、上位将校でないとすれば、本当の病気に違いない、だから俺は急いで大愛国刑務所の訪問許可を申請する。

——超厳帥万歳！——通行許可証を渡しながら役人が俺に言う。

——万歳！——俺は表向きそう繰り返しつつ、相手の鼻っ柱に触れる。

違う、これもあいつじゃない。

押印と奥印と裏印と封印をされた書類を手に、俺は愛国刑務所の集まる地区へ向かって出発する。

19 バルトロメ・デ・ラス・カサス神父、その過ち

暗い良留《ヨル》だ。だから至るところで、不休の当番で働く畜生どもが良留《ヨル》の限りなき明るさを讃えて発する、恍惚に満ちた計画絶叫が聞こえている。その限りなき明るさの中で、手探りの俺は、何か柔らかく、冷たく、痩せて悪臭のするものにぶつかる、女だ。俺はその接触に総毛立つ。不細工で、痩せこけて嫌な臭いを放つそいつは、裏返しになったゴキブリのように鉤爪をばたつかせながらも、俺から離れようとしない。俺は女を突き押して歩き続ける。その売女は泣き声だか金切り声だか、うめき声だか何だかを発する。俺は振り返る。まるで麻痺したように、俺を見ている。それからそいつはこう言う（俺の怒りはさらに増す）、あたしを覚えてません？　昼間、群れを調べていた体揺すりの時間に俺を見てた、あの浮ついた畜生女だ。まさにあの光沢のある目だ。まさにあの、足蹴にされなが

らも哀願する雌犬のねっとりした眼差しだ。ないね、俺は言う、何も覚えてなんかない。骨を軋ませながら近寄って来る女を押しのける。母親を探すため俺は歩き続ける。

20
ヴィクトル・ユーゴー氏へ

ケツ女めが。

ケツ。

ケツ。

ケツ。

ケツ。

一時も休まず歩き、つまづき、蹴りつけ続けながら、同じ言葉を繰り返し怒鳴り散らすのを止めた時、もう良留《ヨル》は終わっていた。明るくなるとともに、幸福な新しい一日という限りなき恩寵を授けし超絶厳師の栄光を讃える、大音量の讃歌が炸裂する。ギリンダン、と工場の合図が鳴り、いそいそと動き回る者が増え、その動きは加速し、賛美歌は今や最高潮を迎える。悪臭を放つ行列が進み、一カ所に集まって重なり合い、這守《バス》を形成していく。鶏の鳴き声のような音がもっと大きくなり、交通量が増えていく。肉付きの良い鉤爪を絡ませ合った（何台ものバスを形作っている）自由少年大部隊が、教えられた賛辞を繰り返しながら労働区域へと前進していく。労働が始まる。女どもは、頭とケツをほとんどくっつけるほど身を折り曲げて、我が身の解放を讃えながら巨大な石やら束やら綱やらを運んで行く。糞と唾で出来ているにも等しい男どもときたら、ただ悠長に踏ん張ってみては、納得したように頷くだけ。鶏の鳴き声や驢馬《ろば》の鳴き声、何度も棒で殴打する音、そしてまた驢馬の鳴き声が聞こえてくる。

21
労働組合について、現在の情勢について、トロツキーの誤りについて

足蹴りが激しさを増す。地面にカッカッとぶつかる鉤爪が砂埃を巻き上げる。処刑場への道を歩む国敵どもの背中を蹴る大鉤爪の轟音が大きくなる。喇叭《らっぱ》や缶屑、角笛か警笛か呼子《よびこ》かなんてそんなのは知るか、それらが響き、あるいは鳴り、あるいはがなり立て、あるいは呼びかけ、ええい、糞喰らえってんだ。そうすると、熱心に腰を屈めて働いていたけだものどもの騒ぎ声が止む。喇叭の音、それとも破片がガチャガチャ鳴る音か何だか知ったことか、その音が皆への合図となって、労働時間を中断せよ、この国の愛しき懐《ふところ》から排除される国敵どもにこれでもかというほど足蹴りを喰らわせ、罵倒のスローガンを喚き散らしながら連行して行く隊列へ加われとの命令が下されたわけだ。その行列の中身はと言えば、太鼓か角笛か、中を刳り抜いた木材か、カホンか何か知ったことか、その音と

ともに前方に控えているのが、要人や、高官ならびに次席高官たち、大秘書官の代理役、各種代表団やら補佐代表団やらに加え、裁判で立証を行い宣告を下させた囁き取締局の役人たちも。その後ろには、巨大なポスターやら、大旗小旗、布地やボール紙が続き、その中心に、人工の椰子や合成月桂樹の葉、青銅の剣やら松明《たいまつ》やらスローガン用拡声器に紛れてかなり高くに掲げられているのが、等身大よりも大きな超絶厳師の似姿を運ぶ大櫓《やぐら》。誰もが拝みたがるその偉大な似姿（拝もうとする奴には機動隊が足蹴りを喰らわせる）の後方には、二等級の取締員から成る軍隊。両脇には、うなり声を上げる鼠どもを満載した富良駆《トラック》の数々。お次は、囁き取締局武装隊と連中が携える処刑道具の数々、針金に石、棒や棍棒、斧に縄、大砲やライフルといった古風な武器、ピストル、マシンガンにお決まりの鉤爪。いよいよ最後の最後に、金切り声を上げる群衆と、先頭の太鼓だかクエロだかトゥンバだか、知るか糞ったれ、その指揮に従って大きくなったり小さくなったりする、リズミカルな大勢の騒ぎ声。

問題の章 22

足蹴りを喰らわす驢馬《ろば》どものいななきが愛国平野の前で止む。マトラカが鳴らされ、声を張り上げている群衆は認可区域へ行くよう命じられる。まばゆいばかりの飾りと超絶厳師の似姿とを運ぶ者たちには公定区域へ行くよう命令が下される。騒音を鳴らしている者たちは鳴らし続ける。これからぶち殺される奴等の群れは指定区域に移される。奴等が前を通り過ぎる時、俺はこの際点数を稼いでやろうと、一番近くの奴の頭に強烈な蹴りを何度もお見舞いしてやる（目には見えずとも誰かがこの出来事を見ていたはずだ）。声出し役の群衆が俺の真似をしようとする。だが囁き取締局員たちがそれを遮る。騒音を鳴らしている奴等が金切り声を上げる。国敵どもは民衆からの然るべき裁きを受けるべく、すでに背を向けてひざまずいている。金切り声の役人が叫ぶ。これから奴等は一人ずつ並べられ、民衆の殴打に晒されるのだ。ある女などは、正義の鉄槌を受けるためひざまずこうとした時目測を誤ったらしく、前にいるけだものに蹴りを入れてしまう。相手のけだものは、こちらは男で、自分を蹴った女の胸を蹴り上げる。今まさに浄化されようとしている生贄どもの間で、噛みついたり蹴ったり、短くも激しい応酬が始まる。監視役の囁き取締局の部隊がすぐさま奴等を引き離し、大鉤爪を喰らわせてやるとおとなしくなる。書類が取り出され、巨大な超厳帥の似姿の隣りで読み上げられる。《以下に鑑み、また以下の事由で、以下に伴い、以下を論拠とし、以下を前提とし、以下に付随し付帯し付従し付加し付属し、以下を慮《おもんぱか》り、以下に準拠し依拠し信拠するところのものに関連して、当調書の補遺、条項ならびに後記において告発され告訴され摘発され提訴され控訴された事柄に拠って、我々はここに怪物的犯罪を宣告する。刑罰：全体殲滅による民主的極刑。告訴事由：国家とその唯一にして無限小なる指導者の敵。減軽：第一に囁き取締局直属の局員、第二に栄光を授けられし当の民衆自身によって代表されるところの、栄えある民衆によって処刑される幸福》。問責が終わると、鶏の鳴き声のような音も止む、あるいは太鼓の音と言うべきか、そんなの知ったこっちゃない。いつものようにやや退屈で間延びした光景だった。手に持った棍棒で、常に違わず首筋のあたりに向かって加えられるべき打撃の位置が確認される。まず初めに執行されるのは、これが一番見物なのだが、フェイントの打撃だ。打撃執行人役（俺も何度もやった）の者は棍棒を持ち上げ、十分勢いをつけるふりをして、罪人の頭蓋骨を叩き潰さんばかりに猛烈に振り下ろす、そして棍棒が脳味噌の中で炸裂せんとするその時、突然ふっと力を緩め、打つのを止めるのだ。執行人が猛烈なうなり声を上げてから行われるこの行為は、三度繰り返される。周知の通りこれが象徴的打撃と呼ばれるもので、大衆への見せしめとしてなされるってわけだ。この三発の象徴的打撃が行われている間に、処刑執行まっ最中の生贄の顔を見てみるがいい。これがこの儀式の唯一面白いところなんだが、うなりを上げて振り下ろされる棍棒が、急に止まって脳をかすめる時の目や口やしかめ面といったら一見の価値ありだ。興味深いのは、棍棒が止められた時、間違いなく一撃を喰らうと思っていた当の生贄が、今にもやられる、という印象を拭いきれないことだ。しばらく間をおいてからやっと、やられてないと分かったそいつは、驚きと恐怖と苦しみを露わにする。超絶厳帥による発見と厳正なる通達に従って、そうした三回の象徴的打撃が取り決められているのはそのためだ。処刑を待つ者の恐怖の表情を、皆が見ることが出来るようにするためなのだ。四発目、唯一本当の一撃の際には、恐怖の表現なんて存在しない。棒や棍棒、鉤爪や大鉤爪、鉄工具や留め金など、知ったこっちゃないが、それらが止まることなく、頭蓋骨を粉砕する。衝撃はもの凄く、生贄は苦痛を表す暇などない。それで終わり、わずかに足をばたつかせてくたばるのみだ。だから恐怖の表情は、三度の象徴的打撃の時に見ておかなくちゃならない……。くたばる時、畜生は後ろから殴られて前のめりに倒れる。骨や血、それに糞までもが、短く激しく爆ぜるような音を立てる。ばたつかせた足がもつれ合う奴等もいて、そいつらを引き離すのに苦労する場合もある。今まで俺が見てきた中には、くはっ、くはっと声を上げたり、足をばたつかせたり、くたばったり、爆ぜる音を立てたり、何だろうと構うか、その時に自分の目を毟《むし》って引き抜いてしまう奴等もいたし、そもそも棍棒の一撃によって眼球が遠くまで飛び出しちまった奴等もいる。今や人塊は認可区域を出て、脳味噌を砕かれた生贄たちが横たわる処刑場へとなだれ込む。賛美歌の音、缶屑の、ガラス片の音、あるいは単に噛みついたり鉤爪を喰らわせる音に合わせて、奴等を八つ裂きにする。今まさに民衆制裁の時なのだ。俺はすかさず飛び込んでそれに加わり、集中しかつ熱中して、うつぶせに倒れている体めがけて跳びかかり、点検し、確認する、あたかも裁きを熱望する狂人のように、滅茶苦茶になった顔を裏返しながら、俺の求めるものを探して行くが、それは見つからない、でも俺は連中を殴り続け、一人ひとり確かめていく。絶えず目を光らせながら、奴等を荒々しく叩き潰していく。ようやく気分が落ち着く。誰一人として俺の母ではない。このぶち殺された鼠どもの中にあの女はいない。俺は思う、まだ奴が俺から逃げおおせたわけじゃない。ぶちまけられた血と臓物の臭いが俺を落ち着かせる。まだ奴は俺のもの、まだこの俺があいつをぶち殺せるんだ。鼻息も荒く超絶厳師の善意と正義を讃える人々を掻き分け、幸福に満たされながら俺はそこを離れる。上機嫌なためか、あるいは絶望しきってはいないためか、あるいは完全に敗北してはいないためか、何でも構うか糞ったれ、俺は囁きを一つ漏らす。

23

国王の庭園を訪れた修道士の見聞について

囁き取締局局員証を提示した後、俺はやっとのことで認可を得、《広大ナル愛国刑務所視察ニカカル入所容認証》と銘打たれた許可証を手にする。規則に則《のつと》って、常に登録証を高く掲げながら中に入る。巨大な刑務所を進んで行く間、いかにも監視員面《づら》をした監視員たちが俺を監視している。俺は覚えていないが（俺だって若くはないのにだ）、かつて味方を装った敵、つまり囁き取締員に扮した敵が大刑務所の柵を突破し、処刑を控えて心身喪失状態の犯罪者を連れ出そうとしたことがあったのだ。立ち入り許可区域を歩いて行くと、別の区に到着する。長い通路の奥の所々に、入所者たちの坊主頭が輝いて見えている。（敵勢力をも含む）全宇宙の満場一致による支持を得た超絶厳師のこの上なく輝かしき命令によって、あらゆる入所者は各自の（もちろん丸坊主の）頭部をぴかぴかに光らせておくべし、と定める布告が出され、そのために定期的につや出し剤が支給されていて、担当の囁き取締員が、よし、いかん、などと監視する中、これで頭を磨かなければならないのだ。坊主頭の上に付けられるこのつや出し剤が強い光を放つため、罪人はどこにいようと**目につき**、《輝き》、すぐさまその居場所が分かるようになる、脱獄しようとした場合でも、ただ輝いているところを撃てば十分、処刑は確実かつ迅速だ。このつや出し剤は、これもやはり超絶厳師の才気の賜物で、燐光性を備えている。従って、巨大刑務所内のいくつかの場所では永久に続いている良留《ヨル》の間にも、坊主頭は輝きを失うどころか、より一段と輝きを増し、稲妻のごとく煌めく。伝え聞くところでは、超絶厳師は大愛国刑務所を視察訪問する際（大愛国刑務所というのは数多く存在するが、どれも似たり寄ったりで同じ名称がついている）、それらの頭が暗闇に光り揺らめき、時に方向を失って滅茶苦茶にぐるぐる回ったり、壁に衝突してくたばったりするのを見て、至極御満悦な様子を見せるそうだ。そんなわけで、殴り書きのように輝く光の規模たるや、さながら大超厳師祭を祝っているかのよう、パチパチ爆ぜるその音は我等が不滅の超厳師への敬意を込めた打ち上げ花火、栄光に満ちた賛美の火かと思えるほどだ。下級取締員や上級取締員に付き添われながら、許可を得てさらに歩いて行く。どこに行くのも公の名目は、軍の許可を得て大刑務所を点検し、逃亡容疑者や行方不明の畜生を探し出すことだ。筆頭秘書官によって押印され裏印され封印された超厳師の印とスタンプを所持しているために万事は規定通りで、俺はどの独房にも、どの準独房や大独房、半独房や徳防《ドクボウ》、最大独房や小独房や複合独房にも出入り出来る。ちょうど今いるこの複合独房では、全員が全体殲滅を言い渡されている数多くの囚人どもを注意深く見て回る。まず最初に、民主的極刑の一種である全体殲滅刑を受ける者たちを調べることが肝心だ。足蹴にしているこのツラの数々、輝く頭、悪臭のするひん曲がった突起物の数々を全てじっくり見ること、これが俺にとっては極めて重要だ。全体殲滅刑により有罪宣告された有罪人は有罪判決を受けて以降、宣告済みの者としても処刑済みの者としても、恥知らずの反逆者としても国敵としても存在しなくなる。そもそも存在すらしなくなるのだ。この種の刑の執行は、数多くの再修正や調整、確認や追加事項を伴うため時間がかかり、そのおかげで俺は奴等がかつて一度も存在しなかったことになる前に、この畜生ども全員を事細かに調べることが出来る。ある罪人に対する全体殲滅を実行するには、全体に及ぶ殲滅という名の通り、その家族全員、あらゆる知人、そして知人と思しき者たちを殲滅すること、また同様にその畜生がこの世に残したありとあらゆる自身のしるしや痕跡、書いた落書きや線などを殲滅しなくてはならない。そいつのことを覚えている者（探し出すための取締員には事欠かない）もまた全体殲滅を宣告されるし、そいつが存在したかどうか疑っている者もまたこの刑に値し処刑される。他ならぬ看守や処刑人も全体殲滅を宣告される、というのも罪人を知る鼠どもの仲間入りをしてしまうがゆえに連中もまた鼠として認定されるからであり、残った鼠どもを処刑するために選ばれたのでありながら、連中もまた新しく鼠となる者どもによって処刑されるってわけだ。時が経つにつれ次第にこうした過程は簡略化されてきている。自分の知る誰かがある日全体殲滅の宣告を受け、従ってそいつを知っている奴も同様に、という事態に恐れをなして、人はあらゆる種類の関係性や知り合いになる行為を、あらゆる種類の友情を避けているのだ。政府の指導もこの相互無視のプロセスを推奨している。ほとんど誰も、誰と一緒に仕事をしているか知らないし、興味もない。複合家庭では皆が一緒くたに住んでいるが、お互いのことは知らない。誰も名前など持っていないし、あらゆる政府の指導はある奴が他の奴とそっくり同じであることを推奨し、それによって人が誰か特定の奴のことを思い出すことが出来ず、誰も記憶され得ず、またもし仮にある奴がもはや存在しないのだと告げられた場合でも、当の本人さえもそれは違うと証明することが出来ないようにしているのだ。繁殖のために二人の畜生が果たす結合は、政府による管理と許可のもとに、あるいは確認のもとに、あるいは承認のもとにか何だか知るか糞ったれ、そのもとになされる。だから交合する奴等はお互いのことを知る必要などないし、もしお互いのことを知り合ったとなればそれは自ら進んでやったことなんだから、報いを受けなくてはならない。だが近年一般的には、強同体の成員二人が一戦交える際にはお互いを知らないままに取り決められる。この鉤番《かぎつが》いのための選別は次のように行われる。鼠どもの一人が鉤爪で、ある方向を指す。指された奴が指した奴に対しての異性であれば（一見しただけでは判別は難しいので、自己申告しなくちゃならない）、そいつは鉤爪を上げる、そしてその後、裏表に印の押された表札を高く掲げて見せながら、許可を得たそいつらは良留《ヨル》を待ち、事実上お互いを見ないまま行為を遂行する。交合は昼間になされることもある（もちろん、押印され奥印され裏印された認可証を持っていればの話だ）が、日中鉤番いの場合には、誰かが他の者を記憶することはもはや困難だとはいえ、一部例外を除いて、絶対確実を期すために交合用の仮面を使用するのが賢明だ。行為が済むと両者は労働に戻る。全ての強同体そしてもちろん複合家庭で採用されているのが、例の一立方メートルの割り当て空間を絶えず取り換えて転居させるというもう一つの方法で、これによってもお互いに知り合うことが回避される。**友愛**（強同体や複合家庭の成員はもうほとんど知らない醜悪な言葉だ）こそは、誰かが告発される罪状として最も恐れられているものの一つであり、誰もが拒絶する、皆この罪を負わされたらどんなひどい代償を払うことになり得るか分かっているんだ。この領域における進歩は目覚ましいものだ。意識は人民に浸透し、ほぼ完全に誰も他の者のことを——もちろん、囁き取締局員は別にして——知らない。このことを思えば、一体誰がいまだに超絶厳師の手際の見事さを褒め讃えないでいられるだろうか？　この全体殲滅法をじっくりと分析すれば、その深い知恵を完全に納得することになる。この法では、超厳師自身は絶対的に刑罰から免れているのだ。超厳師たる者が有罪になるとしたら——絶対に起こり得ないことではあるが——反逆者として以外に考えられるだろうか？　反逆者に対する罰は全体殲滅以外にあり得るだろうか？　そして全体殲滅を宣告された者とともに処刑されるのは、その者を知る全ての者でなくして誰だろうか？　従ってもし仮にいつの日か超厳師が全体殲滅を宣告されるならば、全宇宙が消滅することになる。超絶厳師に栄光あれ！……　さて、俺は鉤爪をかざしながら、そいつら穀潰しどもを残らず調べ上げ、時に尋問していく。同行する取締員や副取締員の助けを借りながら、奴等のツラを摑み上げ、首をねじり、体中の穴を調べつつ母を探すが、奴を見つけられない俺は当然怒りに任せて、時たま誰彼構わず足蹴りを喰らわせる、皆が俺に一目置くように、一蹴りごとに超絶厳師の名言を唱えながら。少し落ち着くためにというか、怒りを誤魔化すために、ほぼ完全にどうでもいいことではあるが、この畜生はどんな罪に問われているのかと尋ねてみる。だが一体、鼠一匹抹殺するのにどうして罪状なんかが必要だって言うんだ？……　例えばこの老いぼれ、鉤爪を動かすことすらままならず、体の中からはケツから口まで行ったり来たりで出てこない空気のような音をさせているこいつは、一体何をしたんです？　取締員が、厚い唇を俺の耳に近づけて、怖がっているとも蔑《さげす》んでいるともつかぬ口調で耳打ちする。この老いぼれはただひたすら、かつて人類が月に行ったのを覚えている、もしくは誰かがそう言っているのを聞いたことがある、とばかり言っているんです……。俺はぞっとして、体を軋ませ悪臭を放っているその肉塊を見つめながら後ずさりする、揺れ動き、膨らんだりしぼんだりしているそれに、勢いをつけて蹴りを入れ、次へと進む……。じゃあこいつは、と、狭い通路の中ほどにある徳防《ドクボウ》にやってきた俺は、まるで自分の肛門を嗅いでいるみたいに脚の間に頭を突っ込んでうずくまったままの少年を指さしてそう尋ねる、こいつはどうしたんです？　すぐにお分かりになりますよ、取締員はそう言って、うなじに強烈な足蹴りを喰らわせながら、その薄のろに顔を見せろと命じる。薄のろは、他ならぬ法の番人に言われているにもかかわらず、法を犯すことを恐れるあまり頭を上げようとしない。すると取締員は大鉤爪を手に取り、先端を薄のろの額に引っかけて引き上げ、この穀潰しの顔を見せる、そこに俺は、ほとんど恐怖すら覚えつつ、二つの緑色の目を見る。もう結構、俺がそう言うと取締員は大鉤爪を薄のろの額から引き抜く、するとそいつはすぐにまた頭を隠してしまう。俺たちは視察を続ける。この大独房には、髪をきれいさっぱり刈るのを怠った何千もの少年たち。あちらの小型独房の中には、病気にかかった者たち。鉄の棒と首枷にきつく束縛されたこちらの囚人は、かつてため息をついたのだ。そしてこの徳防《ドクボウ》には震えている女。取締員が何も言わずに、その女のところまで行って殴りつける。こいつは何をしたんです？　と聞きながら、その所員の振る舞いに誘われて俺も足蹴りを数発お見舞いする。こいつは、《私寒い》って言いやがったんです、と所員が説明する。俺は激昂して再び激しくこの女を痛めつけてやる。それから俺たちは、燐光が殴り書きのような筋を描く、無限に続く地下道を進んで行く。仮にまだ《寒い日だわ》と言っていたのなら、と、規定の文言を間違って引用した者どもの納骨堂へと差しかかった時に、例の所員が説明する、おそらく酌量の余地もあったでしょうが、《私寒い》と言ったんですよ、「私」なんて許されざるべきものです……。「私」だなんて、寒さがいかなるものかは、全ての者に属する事柄に他ならないというのに。まあそんな風に、俺にはお馴染みのこうした批判を聞きながら歩き続け、全ての独房や準独房、大独房、徳防《ドクボウ》、反独房、小型独房や小独房を回って行く。先導役の囚人の光り輝く頭部に導かれて、俺たちは愛国地底へと下って行く。全体殲滅用の銃殺場は順番を待つ囚人どもの頭で絶えず照らされており、それに続く控室では最終懺悔措置が取られているのだが、そこにいるのは男なのか女なのか？謎だ。ただ見ただけでは区別がつかない。この発言撤回大ホールの一室に辿り着くころにはすでに誰もが、然るべき処遇を受けた結果、どんなかすかなものであれ男と女と犬ころとを区別する特徴を全て失ってしまっている。爪もなく、目も髪も、性器も皮膚もない状態では、こいつが大人の鼠なのか子供の鼠なのか、女なのか少年なのか豚なのか、一体誰が見分けることが出来るだろう？　この肉団子ときたら、懺悔させるための手順が遂行されるたび、ただかすかに身を震わせるのみだ。だがそれでも、こいつはすでに作成済みの懺悔内容を認証することを拒否し続けている。俺はしばらくそこに立ち止まる、長い鉄の棒が穴という穴に突っ込まれては引き抜かれ、つつき、違う箇所に跳び、その物体がまだ感覚を残している場所を見つけてはねじ込まれる。すぐさまもう一人の聴罪員が煮えたぎる液体金属を浴びせると、その物体は再びゆらゆらと揺れる、鉄棒がめり込んでいるのに、なおも鉤爪の切断面でもって作成済み懺悔に殴り書きのサインをするのを拒んでいる。興味を惹かれて、この犯罪者は何を否認しているのか尋ねる。何かを否認しているのではありません、と新しい棒を準備しながら聴罪員の一人が言う、むしろ肯定しているのです。奴はどこかある場所に、大厳都や大厳後都や大厳副都、超厳帥や我々の全員、さらにはこうして（そう言って鉄の棒を押し込む）措置を受けている最中のこいつ自身が出てくる巻物だか封書だか何だかが存在していると、そしてこの世界が消え失せても、その封書か巻物かは残り、それによって我々が超厳帥の命により排斥しようと努めているあらゆる事柄が将来知られることになるだろうと、かつてそう耳にしたと言うのです。全体殲滅を行う前に我々が奴に求めていることはただ一つ（今度は棒をかつて目のあった丸い窪みに再び突き刺す）、耳にしたことがあると言っている内容を否定して懺悔にサインすることです。我々はこいつに（棒を突き刺す）、もし仮にその巻物が存在したとしても、焼いてしまえばもう存在せず、従ってお前は嘘を吐いた奴ということになるのだぞ（怒りに満ちて棒を突き刺す）と分からせようとしてきました……。こいつは何と答えたんです？　俺は尋ねる。何て言ったかですって？　ぐつぐつと小さな音を発しながら泡立ち煮えたぎる液体を、皮を剝がれた体に注ぎながら、大聴罪員が俺を咎めるように言う、もしその巻物を見つけられたとしても、同じ内容を記したもう一つの巻物には辿り着かないだろう、と言うのです。なぜ処刑してしまわないのです？　怒った俺はそう言うと、我慢出来ずに鉄の棒を一本取ってその肉塊に刺すが、ぴくりとも動かない。他ならぬ超絶厳師ご自身が、と所員が小声で打ち明ける、こいつの言うことは全てデタラメだという供述書に鉤爪サインをさせないうちは処刑してはならない、との御意向なのです、何よりもまず、ありとあらゆる場所をひっくり返したのにまだ誰も見つけられていない、その巻物の存在を否定させなくてはなりません。もしこの状態が続けば、と聴罪員は気がかりな様子で口にする、自らの英偉なる御手によって発言撤回の懺悔をさせるため、超絶厳師御自身が当所にその栄光ある御姿を直々に現されるとのことです。教えて下さい、俺は聴罪員長にそう問いかけつつ、かすかに痙攣しながら悪臭と息の漏れる音を放っているその肉塊にさらに近づく、こいつは男だったんですか、女だったんですか？　反逆者の屑野郎ですよ、怒りを露わに彼はそう答え、俺に背を向けて、ほんのわずかに感覚がまだ残っている箇所にまた鉄の棒を刺す。これが男の鼠野郎で、母ではないことを確認した俺は、いくつかメモを取るだけにして、この無益な尋問に飽きあきし、他の箇所の視察を続けていく。丸刈りの頭の海、似たり寄ったりの燐光、何度も繰り返される同じ罪名の、反吐《へど》の出るような似たり寄ったりの犯罪者ども。集会で挙手し忘れた者ども、讃歌の歌詞を忘れた者ども、意識的にあるいは無意識的に囁いたか、あるいは囁いたと思しき誰かを告発しなかった者ども、当局の許可を得ずにケツを振った女たち、頭を丸刈りにするのを一日忘れた若者ども、軍のスローガンを間違えた丸々一個の部隊。歴史の陰謀家ども、我々全員が存在しなくなった後でも、皆が全体殲滅を受けてしまった後でも、ありもしない謎の巻物だか封書だかには我々が皆残らず登場することになるという作り話で、我等が未来を毒そうとする怪物ども。自分の目が、我等が英雄的国民にふさわしい鋼《はがね》色ではなく、緑色や青色であることを自覚しておきながら、自ら引っこ抜く愛国的勇気を持ち合わせなかった反逆者ども。退廃と二度とは戻らぬ遠く悲惨な過去のししである、真っ直ぐな鼻筋、小さな耳、挙句には鉤爪ではなく手を持っていながら、やはりそれらを切除する愛国的良心を持たなかった畜生ども。とどめは月への旅のことを語るあの錯乱した狂人……。交合の許可を受けておきながら適切に取り組まなかった者たちの頭が、広大な独房の数々を照らしている、連中は自分に割り当てられた相手との組分けに従わず、忌々《ゆゆ》しきことに、それによって偉大なる強同体の増大を妨害あるいはボイコットし、さらにもっと最悪なことには、交合許可やそのために与えられた自由時間を、非生産的なことのために、即ち反逆的目的のために利用したのだ。要するに犯罪者どもの、ぞっとするような畜生どもの群れ。いまだに覚えているのは一人の女で、奴は警笛や太鼓、喇叭《らっぱ》、刳り抜いた木材だとかクエロだとか糞ったれな何かを使って、サンフォニーだかシンフォニーだか、サクソフォニーだか知るか、それを作曲したのだと言い、挙句にはその演奏許可を申請したと言っていた……。穀潰しども、気味悪い鼠ども、今にも全体殲滅を受けるであろうけだものども。俺は奴等を一人残らず見て回り、全員を蹴り飛ばし、罵倒し、あるいはただ単に特殊報告書を用いて始末してやった。一人残らず観察した。だが奴等の中に母はいなかった。今この時(もう良留《ヨル》だ)、あらゆる独房で、準独房や大独房で、徳防《ドクボウ》で、小独房や最大独房、小型独房や反独房で、情けないトチ狂ったような燐光を放ちながら鉤爪で足掻いているその畜生どもの中にはどこにも、母は見つからない。違う、ここにもいない。俺は鉤爪で大視察帳に殴り書きのサインをする。超絶厳帥万歳！　そう唱える。そしてそこを後にする。

24 アナワクの眺め

一、仮に祖国の名において提訴を受けているこの女が、震えるというすでにそれ自体が犯罪であり、対立的かつ退廃的な事態に際して、少なくとも沈黙していたのであったならば、情状酌量弁護人の出した結論によれば、前述の敵に対してはただ単一殲滅のみが適用されるところのものであった。

二、仮に祖国の名において提訴を受けているこの女が、震えるというすでにそれ自体が犯罪であり等々の事態に際して、実際の発言の代わりに《寒い日だわ》と言ったのであったならば、この「日」という非個人的な物言いの言葉を使用したことが、加重事由を打ち消すように作用していたのであり、従って、提訴理由および判決はただ複合殲滅のみとなるところのものであった。即ち、懺悔および斬首刑がこれに当たる。

三、仮に祖国の名において提訴を受けているこの女が、《私寒い》ではなく《寒いですね》と言ったのであったならば、公正なる酌量委員会の委員は、憐憫の情によって、この強同体的な物言いは集合的発想を表明するものだったと想定し得たのであり、従って適用される刑罰はただ公開での発言撤回と、斬首前に冷凍車に入り、休みなく《何て暑さなの、何て暑さなの！》と叫ぶ引き回しの刑のみとなるところのものであった。これを行った後、斬首刑が執行される。

四、しかしながら祖国の名において提訴を受けている等々のこの女は、「私」という言葉を使用するに際し、明らかに個人主義犯罪者としての、また祖国の思想に相容れない敵、然るに我が国の、然るに超絶厳帥の敵としての常軌を逸した状態にあることを露わにしているのである。かかる言葉（「私」）の使用から、我々は当該の者を敵側の諜報員、風紀を乱す快楽主義者として認め、この者の犯罪的冷酷性を見て取ることが出来る。即ち、気温と自らの主観について自分自身の考えを持ち、さらには野蛮なる傲慢さによって公の場でそれらを告白するような個人主義者なのである。従って、我々は満場一致で以下の評決を上申し、これを確認するものである。この畜生には、関連儀礼、発言撤回、矯正および再矯正の全てを伴う、全体殲滅による極刑が適用されるべきこと。件《くだん》の刑は、同様に当事者のあらゆる親族、知り合い、ほぼ知り合いと言える者、言及された者、心に浮かんだ者等々の全員に適用される。本証書を証明するべく、我々はここに、我等が栄光ある超厳帥を模した栄光ある玉印による押印ならびにサインを行うものである。

25
新大陸に向けて船出するまでにセビーリャで起きたこと

その大厳都を後にした俺は別の大厳都にやってきた。愛国刑務所を訪れるための同様の手続き。時に罪人どもは犯した罪に応じた強制労働を行っている。例えばここでは、超絶厳師に敬意を表して讃歌を歌うことが国民の主たる仕事だ。この合唱都においては、全体殲滅を宣告された罪人の大半は音程を外した畜生どもなのである。俺はさらに移動を続け、大厳後都の柵にやってくる。局員手帳を常時提示しながら俺は中に入る。捜索は効率よく進み、俺自身が何人かの罪人を処刑する。今朝、騒がしい太鼓やら何やらの合図によって、大厳後都評議会から俺に呼び出しがかかった。喇叭《らっぱ》が吹き鳴らされる。囁き取締局の将校が入口で待っていて、付き添いの大隊が俺を讃えて三度のうなり声を上げる。すると箱を抱えたその将校が俺のところへ進み寄る。《不滅なる祖国ならびに栄えある超絶厳師その他に仕える素晴らしき取締員よ、偉大なる強同体の敵に対する貴殿の効果的な働きに謝意を表し、我々は他ならぬ大秘書官の命により、貴殿に第三等の旗章を授ける栄誉に浴するものである》。再び大きな音が鳴らされる。部隊がまた俺を讃えてうなり声を上げる。俺は謝意を示す敬礼をし、俺に旗型の記章を付ける奴を含め、周囲を取り囲む者たち全てを点検する。あの女、あの性悪が、ここに並ぶヘルメットのどれかに隠れていることはあり得ない。怒りに燃えながらも、俺は次のように謝辞を組み立てる。超絶厳帥万歳！　敵との闘いにおいて、本官は一瞬たりとも後退しません。この旗章を賜った名誉は、より一層効率的に本官の義務を果たすための至上の励みとなるものであります。超絶厳帥万歳！……　今一度、缶を鳴らす轟音が響く。俺はドラム缶を叩いている奴等の顔を点検する。あの女じゃない、誰一人あの女じゃない。俺はすぐさま、囁き管理局大厳後都支局の執行部に向かう。俺が到着したのを見て、この地方の代表たちが軍隊式の敬礼をする。全ての囁き取締員と、社会復帰収容所にいる全ての者の徹底的な検分を実施したい、俺はそう告げる。一つ目のご要望に関しては、と囁き取締局の将校が恐るおそる答える、国家機密となっています。超厳帥のご許可を得る必要があります。俺はバッジと旗章を見せながら奴に詰め寄り、犯罪者についての書類だけでなく、囁き取締局のあらゆる書類を閲覧してよいとの許可を記した捺印済みの書状を取り出すと、直ちに俺の邪魔をしたその将校を監獄送りにするよう命ずる。罪状：愛国的公務の執行妨害。罪名：祖国の敵。刑罰：全体殲滅。すでに何台もの富良駆《トラック》で絶え間なく届けられている関係書類を前にして、俺は怒りに沸きながらも我慢強く、あらゆる囁き取締局員の顔を虱《しらみ》潰しに確認する作業に取りかかる。

26
アルゼンチン閣僚に宛てたホセ・マルティの手紙

大厳後都管轄局のあちこちに山積みにされた、囁き取締員たちの書類のほとんどに目を通し終え、疲労困憊した俺は、外に出て大厳後都を散歩してみる。他のあらゆる大厳後都と同じく、路地は狭い長方形を形作り、ある囁き取締局の省庁と別の省庁とを、ある刑務所と別の刑務所とを、ある複合家庭と別の複合家庭とを区切っている。十ブロックごとに、いつもの鉤爪勉知《ベンチ》と移動式独房を備えた皇苑《コウエン》がある。大厳後都で何か事件が起きることは稀だ。皆は定められた時刻に倒れ伏し、定められた時刻に起き上がる。皆が決められた時刻に決められた騒音を鳴らす。これらの地域では超厳師に対する熱狂がなおのこと強烈であるため、自由の身である者たちですら丸刈りの規則の上をいき、大半の者はより見つけられやすいようにと《自発的に》頭をつや出し剤で磨いているくらいだ。ごく当たり前のように、自由の身である者たちが自発的につや出し剤を使っているから、使用していない者はほとんど暗黙のうちに敵と考えられ、いとも簡単に有罪になっちまう。もしそうじゃなければ、なぜ大小問わずほとんど全ての頭が、それほどまでの輝きを放っていられただろう？　おそらくこれも我等が超絶厳師の明晰なるアイデアの一つなんだろう。超厳郷の備える美点を欠いているがために、警柵所や囁き取締局の建物以外には光が付いていない大厳後都にあって、このつや出し剤は良留《ヨル》の間その欠落を補うことが出来るのだ。ともかく、俺はちらちらと明滅する多数の頭に導かれて歩き続ける。たまに頭が十分輝きを放っていない奴がいると、そいつを移動式監獄にぶち込む。捕えられ移動式監獄に連れて来られた場合、そいつは、当然ながら称賛と表敬のための讃歌に関する規則を遵守しつつ、超厳師への讃歌を歌い出さなければならない。丸刈りにした頭が適切に輝いていないこの野郎は、大声で叫び歌うのを止めようとしない。そんなことをしたって何もならんぞ、馬鹿め、あまりの五月蝿《うるさ》さに苛立ちながら俺は言い、そいつの体に囁き容疑との罪名を記す。すでに投獄され記録され、たった今告発を受けたそいつは、胸のあたりに記されたその告発文を眺め、それから俺の方を見ることなく、ますます熱を込めて、規則通りに超厳師とその裁きを讃える讃歌を反復し続ける。背を向けると、超絶厳師万歳！　とそいつが叫ぶ。俺は引き返し、罪刑を記す鉄棒でそいつに「明白なる囁き」という新たな罪名を書きつける。刑罰：全体殲滅。不当な刑を記されながらも、そいつはその刑罰を眺め、また別の賞賛の歌を歌い出す。この穀潰しはこうなんだ、喉を鉄で貫かれ糞や臓腑《はらわた》が撒き散らされたとしても、超厳帥への感謝と賛美を口にし続けるんだろう。こいつらはこうなんだ。

27 時計と蒸気機関

そうして歩き続けて来た挙句に、俺は何かに、この大厳後都強同体の構成員の誰かにぶつかってしまう。その冷たく、乳白色をして悪臭を放ち、骨ばった半月状のものが人間だと分かって、その感触に俺は後ずさりし嘔吐する。支局で摂取したものを全て吐き出している間、それは逃げる代わりに俺の方へ近づいて来る。怒りを抑えることが出来ずに、俺はそいつを鉤爪で抑えつける。鶏のような音を立てながら、その塊が生意気にも俺に向かって話しかける。あたしを覚えてませんか？　見覚えがある、雌牛の目をしたあの女、あの場所、確か第一大厳都で、あろうことか体揺すりに俺を誘った女、俺がぶつかったあの女だ。あえて俺に触り話しかけること自体が異例なことだとすれば、**覚えているという**言葉を使うのはなおさら異常だ。この言葉が原因で全体殲滅を宣告された奴等が山ほどいることは周知の事実だ。こいつがここまで愚かな、あるいはひょっとして、ここまで悪賢いとも言うべき様子を見せていることが気になった俺は、自分を落ち着かせようとする。もしかするとこいつは俺を試すために派遣された囁き取締局の局員に他ならないのかも知れん。ええ、と俺は言う、覚えてます。まあ、と女が言う、あそこでしたよね。ええ、と俺は言う。大厳都でしたね、と女が言う。第一大厳都ですね、と俺は言う。そうそう、と女が言う。何をしてるんです？　と俺は言う。他の人たちと同じことをしてるのよ、と女が言う。ここで皆がやっている仕事と言えば栄えある記章の製造ですが、と俺は言う。そうよ、と女が言う、みんなね。記章を作ってないあなたは今一体何をしてるんです？　と俺は言う。今は認可済みのエネルギー回復時間なの、と女が言う。歩きませんか、と俺は言う。あたし認可をもらってるの、と女が言う。覚えているって言葉を使うのも認可済みってわけだ、と俺は言う。絶対に使用を禁じられてるわけじゃないわ、女は俺に言う。じゃあ、どんな結果を招くかご存じなんですね、と俺は女に言う。分かってるわ、今の言葉を言ったのがあなたじゃない誰かだったらの話だけどね、と女は俺に言う。私が誰だか知ってるんですか？　と俺は女に言う。あたしはあなたを見たの、と女は俺に言う、あなたが収容所を監督していた時にね。それで？　と俺は言う。あなたもあたしを見たの、と女は言う。何が言いたいんです？　と俺は言う。つまり、あたしたちは見つめ合ったのよ、と女が言う。それがどうしたんです？　と俺は言う。この強同体では二人の人が見つめ合うなんて滅多にないわ、と女は言う。そうですか？　と俺は言う。あなたは敢えてあたしを見つめたのよ……、と女は言う。まあ、と俺は言う。人がぶつかっても見つめ合ったりはしないわ、と女が言う。でもあたしたちは目と目で見つめ合ったの、と女が言う、見つめると同時に見つめ合いながら見つめ合ったのよ……。女はそんな風に話し続ける、俺が見るとしたらその女が見てる俺を見たなら女を見たから俺が女を見ているその時女は俺を見てとか何とか。だからあんたがあたしを見た時あたしはあんたを見たのよ……。だんだんと、この涙を流している雌牛に対して俺が感じていた怒りは大きくなっていくが、この売女は厚かましくももう俺のことをあんた呼ばわりしながら話し続ける。あたしがあんたを見た時あんたはあたしを見てあたしたちが見つめ合った時……。一体何がしたいんだ？　俺はそう言って女の話を遮り、大鉤爪で奴の首を掴む。何がしたい、あたしは何がしたい？　そう言って、この糞ったれの雌鼠は何がしたいのか言わないまま、わけの分からない言葉を一人繰り返し続ける。あたしを見た時、あんたを……、そんな風に続ける。怒りに満ちて俺は女を放す、こいつは取締員に対する調査員かも知れないんだと頭では考えているものの、今この瞬間女に対して感じている嫌悪が強すぎて、俺はほとんど自分を抑えきれなくなる。いまだにエネルギー再建期間が切れていないという点に俺は疑問を抱く。許可証も持たないままでこんな風に散歩しようなんて奴はいない。だが戦略上、俺は提示を求めることはせず、女の隣りに並んで歩いて行く。どこかに行くように言われてるんですか？　俺は女に言う。女は言葉を、というより片言のようなものを発し始める、言われてる、言われてる……、違う、イカれてる、イカれてる……。何を言ってるんだ！　そう叫びながらも、それでも俺は自分を抑える。こいつは明らかに局員だ、そう考えて歩き続ける。イカれてる、イカれてる、今や女はさらなる熱を込めてそう口にし、少なくともその熱は言葉の真ん中までは大声のうちに持続して、そこを過ぎてから下降するのだった。イカれーてる、言われーてる、イーカれーてーる、てる、てる、てる……。行きましょ、今度はそう言うと、この汚らしい雌山羊は俺の鉤爪を自分の鉤爪の中に握る。俺は怒りで気が狂いそうになる……。複合外にどこか行くところを持ってるんですか？　共犯を装いながら俺は尋ねる。女はより一層の輝きを放つ目で、より一層食い入るように俺を見つめ、より一層しっかりと俺の鉤爪を握りしめて、俺を引き連れて行く。その場所は二つのプラカードとすべすべした石から作られており、地面には藁だか鉤爪の切り屑だかのような、何か乾いたものが敷かれていた。女はそこに横たわる。イカれてるうううううう、イカれーてーる……、女はそう言って、目で俺を招く。俺は女を見据えたまま、傍らに立ち続ける。ここで何をするんです？　俺は女に言う。なぜこんな場所を持ってるんです？　女は何も言わず、藁と爪屑の中に座り込み、木の枝だか何か乾いたものを手に取って、荒く、恐ろしい音を立てながら、喘ぐような呼吸をし始める。俺はずっと立ったまま女を見ている。ここが気に入りました？　女は俺に尋ねる。俺は答えずに女を見続ける。それが奴を刺激したらしく、ますます息が荒くなる。ここに座って、あたしの隣りに、女は俺に言う。だが俺は立ち続ける。すると今度は、荒い呼吸音を発したまま、膝で這いずるようにして、体ごと俺ににじり寄って来る。俺は立って、下の女を見る、女の目からはぽつぽつ滴るように液体が垂れ始める。どうしたんです？　俺は言う。イカれてる、イカれてる……、女は言うと、持っていた爪屑だか枝だかを放り出し、俺の腰のあたりに片方の鉤爪を差し出す、鉤爪は震えながら、とうとう俺に触れる。あたしはイカれてる、女は言う。あなたは違うみたい……。まだ鉤爪で俺の腰に触れたままだ。どういうことです？　と俺は言う。だが女は答えず、荒い息づかいはますます激しくなり、刈り上げた頭が次第に速度を増しながら揺れ、しまいには俺のつなぎの股の部分に倒れかかる。うめきながら頭を屈め、開いた唇で俺に触れ始める。俺は吐き気で総毛立ちながらも自分を抑える。もしこいつが局員なら、俺からは何も引き出せないし、どんな手も通じないのだと、俺の愛国的良心はどんな試験をも凌ぐのだと証明しなくてはならない。うまいこと売女役に扮したこの局員めは、うめきながら俺を撫で回し、ついに片方の鉤爪をつなぎの中に差し入れる。そこで嫌悪が限界に達したこともあり、俺は考えを巡らせる、もう十分だ、もうすでに俺は自分が絶対信頼出来る局員であることを示したのだから、こいつももう身分を明かして俺に**堅固なる純潔**の勲章を与えていいはずだ、そうして俺は身を引き離す。だが女は、まだ役目は終わっていないとでも言わんばかりに、俺の両脚にしがみ付きながら屈み込む。すでにあなたも、そしてこの私も、立派に各々の義務を果たしました、と俺は言う。もう素性を明かしましょう。勲章を下さらないとは言わないでしょうね……。何ですって？　女が言う。もうお互い正体を明かしてもいいと言ったのです、と俺は言う。それから、試験合格項目のリストにチェックを入れてもらうために局員手帳を取り出す……。そうじゃない、と女が言う。あたしはそんなんじゃない。あなたは勘違いしてる、あたしは……　ただ一緒に……。何だって？　俺は言う、何を言ってる？　あたしは……、イカれてる、女はまだひざまずいて俺に触りながら言う。ゆっくりと、怒りが完全に俺を支配してしまう。すると俺は敵に撫で回されていたというのか、それも超絶厳師の演説でもかつてはっきり述べられていたような最低の種類の敵にだ、なぜならこれこそが他人を必要とし、悪魔のような巧みさであらゆる手口を用いる悪人、犯罪者じゃないか。そんな風に、超厳師の偉大なる演説を思い起こし続けながら、俺は怒りに紅潮して女の両耳を持ち、奴を摑み上げ、振り落としてまた摑み上げる。イカれてる、イカれてる、その罪人はまだそう言い続ける。雌馬のように大きな目で俺を見つめる……。何を言ってる？　もう奴をぶち殺す寸前で俺は言う。あたしは孤独だ、って、あなたが必要なんだって……。この言葉を聞いた時、俺はあまりの怒りに自分を抑えられなくなる、煮えくり返り、顔が引きつり、鉤爪はもつれ合いながら女の首へと伸びて行く。怒りと嫌悪に震えながら女を捕え、奴がまだ言おうとしていたことは汚らしい穴の奥に詰まり、どんどん赤くなっていく奴の巨大な目が最後は黒くなり、ついには破裂して飛び出し、俺の公定つなぎに降りかかる。なおさら吐き気を覚えながら、俺は息のないそのけだものを放り投げて何度も殴りつけ、根源的犯罪、という第一級敵の印をつける。一息に自分の番号を書きつける。それから俺は大厳後都中を走り回る。憤怒を抑えることも隠すことも出来ないまま、大鉤爪で自分自身を殴り、自分自身に対する怒りと憎悪にうなり声を上げながら走る。俺に触りやがった、あのあばずれは俺に触りやがった、あの鼠女が俺を騙して撫で回しやがった。俺は吐き気で身震いし、自分を殴り続ける、俺に触りやがった、俺を撫で回しやがった。俺は走る、嘔吐し、総毛立ちながら。

28
プロローグとエピローグ

ゴキブリは逃げる時、上へ下へ、あちらへこちらへと逃げる、こっちに逃げればこっちの連中がバシン、あちらへ逃げればあちらの連中が、上へ逃げればバシン、下へ逃げればバシン。どこにも逃げられなどしない。年に一度、こうして超絶厳師の勝利を祝う大記念祭が近づいて来ると、超厳師の命により全強同体員にゴキブリを殺す許可が与えられる。一年の残りの時期には、他のあらゆる畜生どもと同様これらの虫を虐殺することは例外的な場合を除き禁じられているが、これは種の保存のためではなく、その行為に伴う生産的エネルギーの消費（浪費）のためだ。だが今日は許可日なのだ。あの偉大なる日が近づいていて、人間一人ひとりが内に備えている犯罪的・暴力的本能をよくご存じの賢き超厳師（永遠《とわ》に栄光あれ）は、皆がその本能を解放する機会（素晴らしき御配慮）を与えて下さるのだ……。虫の方はこちらからあちらへと逃げ、二本足だとはいえより大型なだけで同類の畜生どもがその後を追う。ゴキブリは血迷って、腹を上に向ける。その時の、ゴキブリを潰す寸前の強同体員たちの顔こそ見物だ。歓喜に輝き、ヨダレを垂らし、その目は火花を発している。津々浦々に騒動は広がり、皆がゴキブリを追いながら解き放つ怒りはどれも同様、世にも激越なものだ。何という大騒ぎ。それでいて全てが完璧に秩序立っている。一様に統率された騒音に全てが溶け合っている。超厳郷でも、大厳後都でも大厳副都でも、愛国刑務所でも、ありとあらゆる場所において今日この時こそがゴキブリ殺しの日なのだ。何という騒動。全体殲滅を宣告された奴等でさえこの儀式に参加することを許されている。何て大騒ぎだ。皆がゴキブリを殺している。栄光ある社会復帰キャンプでは、今日ばかりは棒打ちも抽出機も、つるはしも斧も取り止めで、ただ全ての罪人どもが立てるバシン、バシンという乱暴な音だけが聞こえる。発言撤回大ホール、および大刑務所の独房や準独房、小独房、最大独房や徳防《ドクボウ》では、塞穴器や首枷、電気ベッドや煮えたぎる液体の容器、大鉤爪や眼球刳り抜き器、睾丸潰しや内臓抜き、爪剝がしや脚絞り器が今日だけは愛国的役割を果たすことを止め、ただ聞こえるのは穴を抉られて化膿した足が立てるピシャピシャという音、あるいは頭を丸めて燐光を放つけだものどもが、確実な死を待ち受ける呆然自失の最中にあってすら、何かを潰すことの出来る幸福に全てを忘れてあちこち走り回る音だけだ。バタン、ドタンと、何て音だ。讃歌を流す増幅器の操作係たちも合法的に仕事を中止し、猛り狂ってこの大虐殺に没頭する。小競り合いが激しくなり、一匹のゴキブリの抹殺をめぐって暴力的としか言いようのない諍いが起こる、この戦いが始まってから最初の数時間は確かに有り余るほど虫がいたが、期間も半ばとなった現在はそういうわけにはいかない。もうプラカードとか石とか見張り台とかの隅や裏側にゴキブリを見かけることは稀だし、足元にいる奴と出くわすなんてことはあり得ない。だから今皆がやっているのはもう虐殺ではなく、探索と捕獲なのだ。こちらの方がさらなる熱狂を呼ぶ。多数の地方強同体の組合がどれも皆こぞって、猛り狂いながら同じ穴の中をほじくり出している。もしたまたまそこに一匹のゴキブリがいたら、それこそ何てけたたましい騒ぎだろう。足をばたつかせているゴキブリを前に、誰が最初にそいつを叩き潰すかという特権を奪い合って、二人、時には三人の奴等が鉤爪でお互いの目玉を引き抜き合ってるのを俺は見たことがある。組合はそれぞれに分かれ、ある組はここ、またある組はここ、何でもかんでもひっくり返しながら、どよめき、跳ね回り、掻き回し、あらゆる裂け目や穴や奥まった所を舌や鉤爪を這わせながら一掃していく。良留《ヨル》の薄闇が落ち始める頃には、唯一聞こえるのは、急がなくては、急がなくては、という飽かずにどんどん大きくなっていく大音声だけだ。何百万もの畜生が、バシン、バシンと空振りの音を立てる、連中は自分たちより小さいだけの同類の害虫どもを追いかけることで、自分たちが畜生である事実を忘れることが出来るのか、あるいは畜生という自らの立場に復讐しているのか、それとも畜生として振る舞うことで解放されているのか何だか、知ったこっちゃないが、バシンという音はまださらに大きくなっていく。上級取締員の監視塔から、俺自身鉤爪を振り下ろしに行く時もあるが、それは虫を殺したいがためではなく、別の塔にいる別の囁き取締員が時折、俺がそいつを見ていない間に投げかけてくる視線のせいだ。俺は、バシンと打ちつけながら、全身全霊をかけて荒々しく熱中している大群が金切り声を上げるのを見つめ、奴等がどんな風に嗅ぎ回り、這い回り、吠え立て、奇跡的にゴキブリと遭遇した時にはどんな風に全員でそいつに飛びかかり、お互いに噛みついたり蹴りつけたり鉤爪を喰らわせたりうなり声を上げたりしながら奪い合うかを眺める。今この瞬間に、この同じ光景がこの自由宇宙の至るところで起こっているんだな、そう俺は考える。それから、例の局員が見ていないことを確認しつつ、俺は笑う。

29 星に寄せて

さて、あの腐れ売女の母が、あちらにもこちらにも、この下にも、大愛国刑務所の鉄格子の中にもいないことが分かり、俺は栄光ある社会復帰キャンプ群へと入り込む。これらのキャンプでの労働方式のおかげで、罪人どもを視察し点検することは容易になっている。キャンプというのは焼け土の広大な平野のことだ。土が焼けているのは意図的になされたことだが、公には大愛国戦争によって引き起こされたことになっている。罪人どもの仕事とはこの砂漠の不毛さを和らげることなのだ。そして、ここには天然にせよ人工にせよ灌漑というものがないので、残る目標は人間灌漑のみということになる。やり方はこうだ。平野の各辺に所員が操作する長い巨大な金属の棒がある。至極当然のこととして首に首枷を付けられた収容所の罪人が、棒の横に一列に並び、棒に繋がれていく。そして棒が一杯になると、また別の罪人の一団が棒の両端を摑む。棒を押す者たちは唾を吐く必要がない、唾を吐くのはもう一方の、首枷で棒に繋がれた連中の役目だ。平野に少しでも水分を与えるため、絶え間なく唾を吐くのが仕事なのだ。棒が平野の端まで到達すると、今度はもちろん後ろ向きに後退が始まる、というのも千人もの収監者が首枷で繋がれる、これほどまでに長く堅い棒を回転させるのは無理だからだ。従って首枷を付けた千人は、平野の際《きわ》に到達するまで今度は後ろ向きで唾を吐きながら戻って来る。すでに述べたように、棒を押す連中は必ずしも唾を吐かなくていいのだが、時々連中も唾を吐く、おそらく唾吐き係を鼓舞するためなんだろうが、そんなことはやはり必要ないことだ、なぜなら敷地内のどの畝《うね》にもいる所員たちが唾吐きの進行を観察していて、もし誰かが皆と同じように頭を下げておきながら唾を吐かなかった場合、これに関してはお手のもの、直ちに見つけ出すからだ。珍しいことではあるがこんな場合には、笛の合図が鳴らされて、棒の、あるいは竿のだか長い留め金のだかは糞喰らえだが、行進が止まる。唾を吐かなかった奴は自動的に首枷から外され、言い訳も口答えも許されないまま、平野の脇にそびえる貯水槽へと連れて行かれる。誰一人として——というのは、全員が規則正しく頭を下げて唾を吐かなければならないからだが——、唾を吐かなかった奴が高い貯水槽の階段を登って行くのを見る者はいない。上では、係の所員が素早い動きで、唾を吐かなかった奴を貯水槽の中に突き落とす、すると貯水槽は落ちて来る入所者の体重を受け、刃のついた十字の歯車と圧搾機を作動させ始める。抽出された液体はパイプを通って溝まで流れて行き、そこで貪欲な大地に吸収される。そいつの残りの部分(ほとんどないに等しい)は、運ばれて堆肥の一部となり、裏手に山積みにされる。これらの囚人どもの中に母がいないかを見ること、それが俺の目的ではあるが、最も重要なことは貯水槽を見張ることだ、さもなくば俺が亡き者にしようとして追いかけているあの女が、愛国的養分となって俺の足元を流れ、俺の公定つなぎをじわりと濡らす、なんてことになりかねない。そしたら俺の残りの人生は無駄な追求以外の何物でもなくなる。だから、公務として観察し、点検し、足蹴りを喰らわす間も、俺は大貯水槽に続く高い階段から目を離さない。

30
クローディオがアウリステラに手紙を渡す。蛮人アントニオが誤ってクローディオを殺す

俺が探していることをあの女は知っているんだろうか？　俺が探しているのを一体いつから知っているのだろう？　ずいぶん前からだ。おそらくは俺自身が、あの女を探し、見つけ出し、殺さなければならないと理解するその前からだ。あの女は色々と心得ている。俺を見る時の奴の見方ときたら、手に取るように思い出せるが、母親がよくやると言われるようなただ単に見つめるためだけのものじゃなく、俺の中にどんな弱さを新たに発見出来るか、どんな欠陥を見出せるか、どんな過ちを指摘出来るかを見ようとするようだった。俺に話しかける時、奴が言っていることの背後には、口に出されていないがために咎めることも難しい別の何かが隠れていた、それは俺だけが受け取っていた非難と侮辱のメッセージのようなもので、ただ俺だけに向けられたただ俺だけが把握出来ていたからこそ、咎

めることも告発することも証明することも不可能だった。テーブルで、居間で、戸口で、それに労働に出かける時にも、俺をじっと見つめているあの顔を見なければならなかった。奴は嘲笑していた、だがあからさまな嘲笑ではない、なぜならあの女がなすことは全て、内気さや恐怖、それも俺に対しての恐れといったものにいわば覆い隠されていたからだ。ただあの女に声を荒げただけでも、俺は周囲の者たちに、この犯罪者、とそう怒鳴られていたことだろう。もっとよく観察してみなけりゃならなかったんだ。脅えた鼠のようなあのとろい見かけの向こうにあるものを、はっきりと見なきゃならなかったんだ。母の手口はその愚かさと同様、憂鬱で果てしないものだった（今もそうだ）、全てが有利に働き、また奴もそれを利用する、愛や、涙や、不平不満や、微笑や、病気や、歌や、憎しみや優しさを、そして何よりも、俺を「**息子**」と呼ぶ時の、あの唯一独特の、悪魔のような、全てを帳消しにしてしまう、耐え難いほど侮辱的で、ずる賢くて憎むべき圧倒的な呼び方を……。笛の音だ、間違いなく誰かが唾を吐き出さなかったのだ。案の定、もう大貯水槽へ向かって階段を登って行ってやがる。俺は急いで駆け出し、あっという間に随行員の後ろにつく。もう貯水槽の階段の上だ。唾を吐かなかった奴の背中が吸収機の方へ向かっているのが見え、俺は旗章を取り外しながら特殊笛を鳴らす、所員が振り返り、唾を吐かなかった奴は背中を向けたまま立ち止まる。その罪人が吸収される前に検査を行う必要がある、俺はそう告げる。背中を向けたままの罪人は、俺の声を聞いた時わずかにびくっと震えたようだった、だがおそらくは奴が震え上がったのは俺の声のせいじゃなく、**吸収され**

るという言葉を口にしたせいだったんだろう。このキャンプで偉そうにしている奴等全員と同じ愚か者の所員は、俺の言うことをほとんど理解出来ない。そいつがほとんど会話言語を操れないこと、書記言語についてはただ超厳帥の図像だけしか判読出来ないことに気付く。俺は無駄を省くことにし、吸収されようとしているそいつの顔を見ようとして所員を追い越す。もう貯水槽の脇まで来ていたが、このけだもの野郎は罪人と俺との間に割って入り、俺に触れる。所員の鉤爪が触れるのを感じた時、あまりの吐き気に俺はそいつを許せなくなり、うなりながら貯水口へと奴を突き飛ばす。吸収機は容赦なく作動し、その汚らしい肉塊は一瞬にして愛国的養分に変わる。もう一方の畜生は、処刑を前に我を失っていて、所員に対する吸収機の効き目を目の当たりにするや、貯水槽を飛び越えて高台の平野へと飛び移り、立ち入り禁止区域を横切り、時折首枷で棒に繋がれた囚人の列に紛れるように身を隠しながら、見張り台の間を走り抜けて行く。母に違いない、あれは俺の母に違いない。奴を始末するのはこの俺だ、俺は弾かれたように駆け出し、見張り台区域や囚人の集団の間を跳ぶようにして、ふらついているその体の後を追う。

31

タバコの新芽収穫集会　ピナール・デル・リオで

揺るがぬ怒りに燃えながら、俺は警柵隊や見張り員やその他の追跡隊員たちに、我が愛国の双肩に全責任を預けよ、と命令を下す。我が過ちを正すには、と俺は言う、それが唯一の道なのだ、そして心の中ではこう思う、十分母であり得るあいつを（他の奴ではなく）俺が殺すためには、それが唯一の道なんだ。憎悪に駆り立てられ、俺は走る。

32 雨だけど幸運がやってくる

罪人は第一労働区画を過ぎ、今や第二区画に入って行く。囁き取締員たちは期待を込めて、俺の行動を注視している。もし失敗すれば、もしあの罪人が逃亡すれば（そんなことは不可能だが）、真っ先に俺を告発するのはその義務を負っているあいつらだ、状況から言って、俺は共犯の罪で起訴されちまうだろう。奴はすでに次の区画を逃げ続けている。こんなに走る体力をあの罪人は一体どこに残してやがるんだ？　俺は急ぐ。あの畜生は今、とうとう疲労困憊して四つん這いで歩いているが、それでもかなりの速度を出してやがる。所員の監視の眼差しのもと、無感覚に前進しては唾を吐き灌漑を行う他のけだものどもの鉤爪や蹄《ひづめ》の影に、鼠野郎が紛れ込む。そうこうしているうちにも、鼠野郎はどんどん速度を落とさざるを得ない、ただ疲れからだけではなく、今歩いているのが灌漑済みの土地だからだ。灌漑済みの土地を歩いているという事実だけでもすでに処刑されるには十分だが、逃亡罪を犯しているとあってはこれ以上奴の負うべき罪を探す理由もない。奴は今ぬかるみの中を這って行く、奴の四つの鉤爪が汚泥に嵌《はま》って沈む、弾みをつけて全身の骨を前へと投げ出すが、鉤爪が捉えどころとなるような固形物を踏むことはない、畜生は地面に鼻っ面をめり込ませ、鼻先、鼻っ柱、磨いた頭、全てが進み続けるための支えを探して沈む。だが上滑りする。完全に灌漑された土地には反発力がなく身動きが取れなくなる。どの平野でも、取締兵が誘導する首枷の一団がリズミカルに行進を続け、定められた通りの間合いで頭を下げては全員一斉に唾を吐き出している。全てを圧倒する真昼の光のもと、戦火のような反射光を放つ一団の間に、ただ一つ目に留まるのはあの脱走囚の盲滅法な必死さだ、今や完全に頭を泥に埋め、体全体を押し動かすようにしてまだ逃げようとしている。もうこの畜生は逃げられない、そう確信した俺は、束の間立ち止まって息をつく。それから奴の脇を通って前に回り込み、数メートルほど離れたところに立って待つ。もはや目の見えないそのけだものは、頭を打ち振り身悶えしながら、のろのろと進む。そうして懸命に進み続けた先で、何か頑丈で硬いものにぶつかる。俺の足だ。脱走囚はただの黒い球体と化した頭を起こして俺を見る。俺は厳格な目でじっとそいつを見据える。脱走囚は再び鉤爪を沈め、地面を掘り返し、ほじくるような動きを続ける。俺はもっと遊んでやるために、あるいはもっと疲れさせるために、あるいは苦痛を引き延ばしてやるために、それとも楽しむためだか何だかは糞喰らえだが、そいつからもう少し離れた場所に立ち観察する。奴は長いこと奮闘した後、もう一度俺のところに来る。ぶつかり、畜生が目を上げる。しかし奴の視線は今度は俺の顔まで達することなく、これ以上は上げられないとばかりに途中で留まって、両足の付け根のあたりだけを見つめる。眩いばかりの煌めきの中を、束になった囚人どもが身を屈め唾を吐きながら行進し通り過ぎて行く。その時だ、同じ場所に視線をじっと定めながら、畜生が猛烈な勢いで囁き始める。所員たちが不動のまま遠くからこちらを観察している。俺はようやく動き出し、焦点の合わない両目の頭上に屈み込み奴の首根っこを掴むと、敷地中の平野で囚人全員の間を引きずり回してやる。それが済むと、奴が逃げ出した平野に戻る。大貯水槽に着くと有罪宣告書を作成するよう命じ、脱走した畜生に最後の一瞥をくれてやる。言うまでもなく、俺の股間をしっかと見据えたまま囁くのを止めようとしないその泥まみれの怪物は、俺の母親ではない。宣告書は事態に鑑《かんが》み短く簡潔なものとなり、「ゆえに」がいくつかと「従って」が一つだけ、それで罪人はさらなる罪を宣告され、すでにある条項と判決に加えて、英雄的取締員のチャックをじっと見つめたという新たな違法逸脱行為が付け加えられる。俺は告発状にサインし、自らの手で抽出タンクに罪人を突き落とすという幸運に与《あずか》る。股間をじっと見つめるあの視線になおさら怒りを募らせながら、俺は即座に執行する。

33 太陽の神殿とその豊かな富についての記述

逃亡者を処刑した後、俺は言うまでもなくこのキャンプを**危険施設**と定め、全所内において然るべき点検を実施するよう命じる。当の所員たちも愛国的尋問の対象となる。罪を犯した多数の畜生どもが、各班ごと番号順に検査と尋問を受けている。俺自らが、当然新たに入れ替えられた所員たちを同席させながら、奴等の検査と尋問を担当する。労働区域の脇に立つ俺のところへ、犬っころどもが一匹ずつ護衛に連れられてやって来るが、検査は個別に行われるため首枷で繋がれてはいない。真っ先に見るのは、俺の関心事、つまり俺の母か否かという点だ。それからすぐに尋問を始める。最初の奴はたちまち片付く、そいつは公定言語、即ち超厳帥により導入された言葉を話す老いぼれだ。だがこの老いぼれは、超厳帥語の基準に沿った正確な言葉で返答を返さなかったばかりか、時に言語計画にない二、三の言葉を無駄使いしてすらいる。この罪は重い、というのも確かに現在作成手続き中の公認対話の改定がまだ終わっていないとはいえ、尋問を受ける者は皆質問事項に対して、命令に従って「はい」か「いいえ」という簡潔な返答のみを返さなくてはならないはずだからだ。そこで俺は宣告書に結論を書く。抽出タンク内での単一殲滅。起立したまま判決を言い渡していると、法の裁きを受ける時は頭を下げるべし、という決まりも忘れて、その老いぼれが俺のチャックをじっと見つめているのが目に入る。怒りを外に表さないよう自制しながら、俺は**単一**という言葉を消して**全体**と書き換え、《唾棄すべき背徳行為》というおぞましい罪状を付け加える。それから次の罪人を引っ張って来させる。

34 ヒューペリオンからベラルミンへの手紙

しかし尋問の前に、俺はキャンプにはびこる（完全に一掃されたと考えられていた）この常軌を逸した不道徳を所内の高官に伝え、あの脱走囚と先ほど宣告を受けた老人を例に挙げる。所員たちが震え上がりながら俺の話を聞いているのももっともで、このような背徳行為が発覚したキャンプでは、自分たち、つまり所員にも重い責任があるとみなされ、全体殲滅刑を受けることさえあると分かっているのだ。この種のぞっとするグロテスクな犯罪に対してこそ、超厳帥は最も厳格な裁きを下されてきたのであり、だからこそもはや我が国の懐から一掃されたものと思われていた。そしてだからこそ、即刻全キャンプ内の罪人全員に対する点検を実施して、直ちにこれを一掃することが急務なのだ。

35　ピーター　あらわれる

怒り心頭に発したまま、俺は次の罪人を出頭させる。立った姿勢で、お決まりの尋問調書を手繰る。所員たちは奴の目をじっと見据える。質問の間も俺は不動のまま平静を保つ。尋問が終わり、奴の目が絶えず地面をしっかりと見つめ続けていたために、修正済み事案として元の刑罰が改めて課される。次に入ってきたのは骨ばった腐りかけの畜生女で、こちらがただの一言も発さないうちに俺の股間に目を向ける。ますます怒りを募らせながら、俺はただ全体殲滅の宣告にサインだけして、そいつに足蹴りを喰らわせながら連れて行けと命じる。次の若い犯罪者は、視線を上げて俺の顔を見ようとすらしない。ついには、被告人、これから判決を言い渡す、頭を上げろとそいつに怒鳴りつける。若造の罪人が目を開け、その視線は俺の腰より上には上がってこない。なおのこと激昂しながら、俺は全体殲滅のサインをする。四人が列を成して続く。異様なことに全員が、尋問の初めか終わりかに、俺の体の同じ箇所に視線を向ける。これは明らかに忌々《ゆゆ》しき事態だ、キャンプ全体が完全に堕落してやがるんだ。所員たちは必死で俺に媚びを売ろうとするあまり、俺が最初の質問をするのさえ待たずにもう尋問の調書に（全体殲滅という）判決の印を押す。ようやく一人、どこにでもいる終身刑の犬ころ野郎が、禁じられた箇所を見ることなく尋問を終える。そいつには元の罰則が追認される。徹底的に検査するが、ごくありふれたけだもののようだ。尋問が続く。次の奴も俺を見ない。疑う余地はない、そう俺は考える、これは共謀だな。どこぞの唾棄すべき反逆者が警告を発しやがったらしい。俺は命令を出して、股間を見ない者は直ちに大懺悔ホールに送られ、見るなと命じたのが誰なのか告白すること、と伝える。こうして、尋問は今や二つの場所で行われることになる。一つは俺の股間を見つめた者どもで、片側に集められ愛国水肥の抽出による全体殲滅を宣告される。見なかった他の奴等は反対側に集められて大懺悔ホールへと進む。輝ける一日（このキャンプでは一日の労働時間をこう呼ぶ）が終わる頃には、事態は深刻を極める。様々な地区を複合したこの施設、その全四人のうち、生き残っている者は百人に満たず、生きているということはつまりそいつらは懺悔措置を受けている最中なのだ。所員たちは手足を大仰にばたつかせ、哀願し、うめき声を上げながら右往左往し、中には囁き取締員には珍しく、自ら首を刎ねる者もいる。股間を見なかった生き残りのうち最初の奴が、尋問のために今再びやって来る。そいつは尋問を受ける前に、鉤爪で自分の網膜を剝がしたか、太陽を凝視して網膜を焼き潰したかしていた。浅はかな真似を、騙されはせん、お前ら思い知らせてやるぞ、これは共謀だ、重大な陰謀であり反逆行為なのだ。

36

君主国にはどんな種類があり、その国々はどのような手段で征服されたか

良留《ヨル》も更け、片時も止まぬ愛国水肥抽出機の轟音が響く中、俺は大秘書官に書状を書く。発見したばかりのおぞましい犯罪のこと、俺自身が課し今この瞬間執行されている然るべき刑罰のことを説明し、この恐ろしい犯罪があらゆるキャンプ群に蔓延しているのではないかとの危惧を表明する。奴等こそは、と俺は説明する、史上最悪の犯罪者なのであり、私は卑しくも超絶厳師に忠誠を誓う一兵卒として、必要とあらば唾棄すべき鼠の姿を装いもしながら、堕落したけだものどもを残らず見つけ出すことをお任せ頂けるようお願い申し上げる次第です。それから俺はサインおよび確認用のサインをし、再確認および追認を行いつつ、自らの鉤爪で「超絶厳師万歳！」と書きつける。この声明を可能な限りの速達で送る。多少落ち着きを取り戻し、俺は抽出機の轟音を聞きながら休息を取る。

37 カタルーニャにおいてフランス軍に対し企まれた陰謀の物語

堕落したキャンプで数多くの処刑に認可を与えている最中、大秘書官からの返信が届く。猛スピードでやって来た郵便担当員は、立ち止まると俺に各種の印が押された書状を渡す。俺は包みを引きちぎって読む。《偉大なる我が国は貴殿の愛国的行動を誇りといたします。本状は貴殿のご要望に呼応するところのものに応じるものであります》……。大秘書官自らがこの書類を作成し、末尾には超厳帥補佐室正印が押されている。貪るように読み進める。《万事完璧かつ合法的に遂行さるべく、政府審議会の招集ならびに全会一致の採択に従って、我々はあらゆる社会的病根の絶え間なき追跡および根絶に関する国家基本法の条項に、新たな追加条項を設けるよう書面で通達を行いました》。その追加条項とはこうだ。《あらゆる性的堕落者の追跡と全体殲滅に関する規定に関連する付随の事態に関して、我々がここに規定し、追加し認可するところに拠って、何人かを問わず我等が偉大なる祖国の市民に対しその股間、腿ならびに腰から膝までの下半身を一瞬あるいは長時間見つめる者は全て、直ちに刑務所に留置され、然るべき判決の適用によって、唾棄すべき畜生および国敵として処刑されなくてはならない。上述の刑の実行には見られた者の告発のみで足りる。もし堕落せる視線を受けた者が我等が栄光ある囁き取締局の局員であれば、当該局員が正当なる愛国的憤怒に駆られかく欲する場合、即時堕落者に対する適当な処刑を実行し、事後告発を行うことが出来る》……。超絶厳帥自らがこの書状を認可したんだ、と俺は考える。この重要な書類を鉤爪に握った今、俺はそのキャンプの囚人どもほぼ全員と、それに加えてかかる逸脱を許した当の所員たちとに対する処刑にサインする。俺はそこを離れ、堕落した畜生どもを見つけ出し殲滅するために、別の大厳後都や大厳副都や大厳都のキャンプに向けて出発する。誰も逃げられやしない。今度こそ誰も俺から逃げられない。この超厳帥の書状が、あの怪物どもを一人ひとり、残らず見つけ出す許可と権限を与えてくれる。誰一人無事には済まん。あいつ、あのあばずれも、俺の思惑通りに愛国的浄化組織が展開されれば、逃げ回ったりどこかに隠れたりするのは難しくなる。もう戦闘開始の準備は出来ている。

38
マタンサス丘陵

大愛国道徳的再征服軍の準備が整った。俺は取締員の中から、一番すらりと筋肉のついた奴等を選び出した。軽快な長い脚、決然とした歩き方、はっきりそれと分かる性器の隆起。指令は明快だ。膝から腰に相当する範囲を見た者は全て全体殲滅に処する。見られたにもかかわらず、当然不注意からであるにせよ然るべき刑罰を実行しなかった局員もまた処刑される。同様に、局員同士がその範囲をお互いに見ることも禁止され、殲滅刑を伴う。あってはならぬことだが、そのような事態が起こった場合には、見られた局員は即座に見た者を重犯罪者として告発しなければならない……。すらりとして確固たる再征服軍が、今俺の目前に直立している。超厳帥の正義を展開せよ！　俺は叫ぶ、我等が偉大なる英雄、超絶厳帥より逆り出る英雄的精神と英雄的英雄性をもって臨め、我等が手にこの偉大なる英雄的任務の英雄的達成を任じたるは超厳帥なり！　うらあああ！　という長い歓声が演説を締めくくると、軍は気合いに満ちみちて、超厳帥宇宙即ち自由世界をくまなく浄化すべく出発する。俺自身も、全兵隊と同じくぴったりした青いつなぎを纏い、どこにでもいる畜生に変装して、キャンプの一つへと向かう。あの女に出くわさないとしても、と首枷で繋がれた唾吐きの一団に紛れ込んだ俺は考える、俺自らの大鉤爪でこんなにたくさんの堕落したけだものどもを死滅させることが出来るんだ、少しは怒りも和らぐってもんだろう。それを励みにあの女を探し続けるのだ。

39
大パルカ、パルカ、パルキータとパルキージャ

良留《ヨル》になって、影が労働キャンプ全体を覆い尽くし、規定の休止時間に畜生どもが監視用の塔や舟橋《しゅうきょう》の間を固まって散歩している時こそ、堕落者判定員が最大の生産性を挙げる時だ。柵越しに燐光を揺らし明滅させている丸刈りの頭上にそびえ立つようにして、局員は意気揚々と、すらりとした脚と軍隊式の挑発的な歩き方で闊歩する。もし対象となる恥知らずの畜生が一人だけならば、局員はいかなる時も身分を明かさぬまま、犯罪者をおびき寄せるため鉤爪で股間をいじくり回してよいことになっている。恥知らずの畜生が先述の範囲に頭を向けた場合、即座に殲滅刑に処した後、記入用紙に罪人の番号その他の特徴を記載して、その案件を事務的殲滅として処理するよう通達することが出来る……。俺は歩く、歩く。下衆《げす》な畜生のつなぎに身を包み、頭が一つだけ弱々しく光っている場所

まで歩く、そこで俺は足を大きく開き、そいつの磨いた頭のすぐそばに立ちはだかる。まばたき一つ、かすかな素振り、片目が開いただけ、それでもう奴はお陀仏になる。俺は歩きに歩き続ける。一つの平野を離れ次の平野へと進む。こちらを後にし、今度はあちらへ向かう。我等が偉大なる祖国にこんなにも多くの堕落者どもがいるとは驚きだ、全くもって不愉快だ。罪人どもが記入されたリストが絶えず取締局本庁に届く。至るところ書類が積み重なっている。この紙の山の一枚一枚が、然るべく殲滅刑に処された堕落者の罪人どもなのだ。積み荷はどんどん届いて来る。時には、荷を担ぐ職務を担った取締員さえもが、俺のところへ荷物を降ろす際に、常軌を逸した、恥知らずな、堕落しきった態度で俺の股間のあたりを見つめ、すぐさま山積みの書類の仲間入りをする。全くもって考えられないことだ。場合によっては、捜査を命じられている当の取締員さえもが股間を見たかどで一隊丸ごと殲滅刑となってしまうこともあり、しかも憂慮すべきことに、連中が見たのは他の取締員ですらなく、とある一介の畜生、首枷の一団の中にいる一匹の豚野郎だったのだ。再征服軍の風紀を乱さぬよう、俺は見られた側のその豚野郎も処刑するよう命じる。殲滅刑を受けた畜生どものリストがさらに届くが、その中に雑然と混じっている分厚い紙束は、下を見れなくする特殊な耳当てのようなものを使用する許可を頂きたい、という常識外れの書状、あるいは提案書、あるいはご機嫌伺い、それとも嘆願書だか何か知らんを提出してきた取締員グループのものであり、奴等の書類にはこう続けられているのだった、《そうすることで、我々は任務外の時間に、無意識に非道の犯罪に陥る事態を避けられます》。俺は激怒のあまり、その書類を作成し、サインし、配送し、閲覧し等々を行った者たち全てを殲滅刑にしたばかりでなく、次のような反論書を作成する。《本件に関してまず第一に、取締員であることの栄誉とともに、かくも栄誉ある職務に任ぜられし栄誉という二重の栄誉に浴する我等が取締員の一員が、その栄誉ある立場にありながら一瞬たりとも栄誉ある祖国に仕えぬ時があるなどという考えを起こすとは前代未聞である。第二に、耳当ての装着を提案した事実はイデオロギー的弱さを証明するものであり、従って提案者が何にも増して恥知らずの堕落者であることを露呈している。このような申し立ては要するに、他人を誘惑している者を殲滅刑に処すことなくただ捕えて生き長らえさせておけという提案である。同事由により、同提案者もまた同様に犯罪助長性を有するということになる》。それから俺はサインをして、同提案に何らかの形で携わった全ての者たちに対する全体殲滅を命じ、また祖国の汚点として残らぬようにその書類を破棄するようにとの令状にもサインする。大規模な処刑が終わっても、さらに次々と何千ものリストが送られて来る。俺は気まぐれに一つ眺めてみる。《犯罪者番号：888-887-043-99916。罪名：唾棄すべき犯罪的堕落。刑罰：全体殲滅。栄誉ある検査担当員の氏名：7822e組、111.454。発見区域：大厳後都 f組 xcd hoa。該当地区：zxc-j054。見た者の見方、その誘因ならびに眼差しの鋭さ。見た者の視線が留まった禁止部位周辺の正確な位置……》。うんざりしてリストを戻し、詳細を読むことなく枚数を勘定し続ける。当たり前だが、この場合男の犯罪者どもの話なんだから、こいつらの中に母がいるかも知れないなどと考える道理はない。俺は本庁に留まったまま（周りの取締員たちはひたすら上の方だけを見ていて、しょっちゅう書類の山にぶつかっていやがる）、そんな風に処刑済みの堕落した罪人どもを数えてはまた数え直すが、その数は絶え間なく増え続けていく。

40 最後の終

偉大なる我が国の最重要行事である、我等の絶対かつ永久なる解放と、超絶厳帥の永遠の勝利を祝う記念祭の開催を間近に控えるにあたり、大児童統一機構は強同体関係管理機構ならびに超絶厳帥式最上指導監督庁に従って、以下に挙げる児童と他児童間の公定対話草案を作成し人民の全会一致による承認に委ねるところのものであり、今後児童間の会話はこの草案に従わなければならず、また今回の栄光極まれる超絶厳帥勝利記念祭以降、この草案は正式に施行される。

児童1　ひいううううう！

児童2　ひいああああああ！

児童1　ひいううううううううう！

児童2　ひいあああああああああああああああ！

児童1　超厳帥が征く！

児童2　征く、征く、征く！

児童1　征く、征く、征く、征く、征く！

児童2　征く、征く、征く、征くうううううううううううううう！[1]

児童1　ひいううううううううう！

児童2　ひいああああああああああああああ！[2]

1——この一行は対話競争の見本である。より多く、早く、力強く「征く」を繰り返した者が会話の勝者となる。

2——本案施行中、児童は仕得守起《シエスタ》の時間帯もしくは特別の場合において、各種捺印済み書面による許可のもとにこの対話を実行することが出来る。しかしながら、大愛国記念祭の日に限っては、超厳帥の演説が終了する前あるいはその後に、児童たちは「征く」の部分を好きなだけ引き延ばすことも含め、自由に対話を行うことが出来る。

41 中国思想における天の四神

堕落した畜生どもの浄化作戦は今や安定した成果を挙げている。どうやら大秘書官は俺に信頼を置いてくれているらしく、おかげで国中のあらゆる地方にまで捜査を広げることが出来た。浄化軍とその先陣に立つ俺は、目下全ての大厳都だけでなく大厳後都をも全部巡っており、最終的には他ならぬ超厳郷まで到達することになる。強同体員が小型プラカードの作成に勤しんでいるこの大厳都では、唾棄すべき堕落の案件が数多く発覚した。真っ当な憤激に燃えた住民たちは、自ら進んで正義の裁きを下そうとしていた。この集団的陶酔を利用し、俺は自発的秘密部隊の必要性を説く。つまり、いかなる強同体員であっても、いかなる場所であろうとも、堕落者狩りの任務を遂行出来るようにするのだ。志願者は膨大な数に上る。模範を示すため、俺は自らある訓練校で全校相手に指導を行う。

第1課：犯罪者どもに堕落した本性を呼び覚まさせるために、狩猟員はどのようにして歩くべきか。**第2課**：一般大衆には悟られず、それでいて潜在的堕落者にははっきり通じるようにするためには、狩猟員はどのようにして鉤爪を脚のところまで持っていくべきか。**第3課**：取締員や自発的愛国協力者は、いかなる方法によって鉤爪を用いて恥知らずの堕落者を捕え、拘束し、殲滅し得るか。新たな兵隊たちが任命され、我々は別の大厳都へと向かう。他の多くの大厳都と同様に大型のプラカード作成を行っているこの街では、あるとんでもない事態が起きた。恥知らずの堕落者と認定された奴等が、集団全体殲滅の瞬間、命乞いや段取り済みの発言撤回を口にする代わりに、囁きを発したのだ。今ではもはや我々局員ですらも、こんな風に敵が侮辱的な反逆心を露わにするのを耳にするのには不慣れになっていたから、大衆だけでなく取締員たちも心底激怒した。この囁きから推し量られることは――そう記した言伝を俺は直接大秘書官宛てに送る――、堕落した罪人というのは皆見かけよりもさらに有害な存在だということで、連中は政敵、即ち偉大なる超厳帥の敵であり、それゆえに、栄えある国家全体の敵なのです。我々の捜査は今や道徳と政治の両面を対象とするに至りました。訓練を経た兵隊たちが続々と集まっています。昼夜を問わず、我々は素性を悟らせぬ確固たる足取りで、両脚を大きく開き、鉤爪は性器の膨らみを（有能な局員たちは布切れや石でこれを大きく見せることを思いつきました）まさぐりながら前進を続けています。総浄化讃歌を歌う声が鳴り響いています。我々に片時たりとも休息はありません。俺は毎日、堕落した政敵の処刑に関する報告書を送っている。

最も警戒すべき点は、と今日の報告書文末の捺印欄に書き添える、囁きを発する堕落した罪人の数が、捜査活動によって減じるどころか、増えているように思われる点である。書類の最後、各種捺印のさらに下の方に、俺は敢えて例外的な注釈を入れることにする。私の母は、と俺は大秘書官に向けて伝える、いまだ見つかっておりません。

42 ガンガ族に曰く：上衆《じょうず》は下衆《げす》の善意に報いず

他の何百もの大厳後都と同じく、国家印の製造に専念しているこの僻地に、大秘書官から俺宛てに軍印入りの電報が届く。《超厳帥ご自身が、貴殿の働きを誇りに思っておられます。彼《か》の御名において、我等が全国民からの祝賀をお受け下さい。我等が英雄たちよ万歳！》。そして下の方には、鉤爪の直筆による私的なメモ書き。《貴殿のご家族をたゆまずお探しになられますよう》。

その書状は極めて貴重なものだ。俺はそれを丸め、また広げる。すっくと大股で立ちながら、俺はこの辺境の大厳後都を歩いて回る。良留《ヨル》を見つめ、もう一度書状を広げる。超厳帥がどう思っているかなんて構うか。他と選ぶところのない豚の考えなど、憎悪だろうが祝福だろうが構うものか。俺を興奮させるのは最後に添えられた大秘書官のメモだ。**貴殿のご家族をたゆまずお探しになられますよ**

う。もし大秘書官本人が……、俺は鉤爪で金玉をいじり回し、ちらとでもそこに留まる視線がないか注意しつつ、昂《たかぶ》ったまま歩き回る……、あの大秘書官が、と俺は考える、母をたゆまず探せと促すのなら、それは俺があの女を見つけるはずと分かっているからだ……。俺はもう一度書状を持ち上げ、再び読む。早足で歩き、良留《ヨル》の闇の中で長い囁きを上げる。明日、この吐き気のする大厳後都の畜生どもを皆、囁いた罪で処刑してやるぞ。何だと、明日だって。今すぐだ。即刻にだ。そして、大殺戮を妨げる酌量の余地など微塵も残らないように、俺は再び自らの囁きで良留《ヨル》を汚染する。

43 島の位置、面積、形状の描写

社会経済的発展のための諸々の新計画の実現に伴い、また同時に、我等が民衆とその堅固なるイデオロギー、深い人道意識、同胞愛を鼓舞するとともに民衆の闘争的イデオロギーを強化することをも促す諸関係発展のための新計画などによってこれまでに達成された高度な政治文化的発展を鑑み、またとりわけ超絶厳師の際限なき勝利を祝う今回の記念祭に対する根本的祝意の表れとして、ならびに超厳師の高い分析力、統合力、展望力、そして先見性と一体を成すその仁愛深き指導力に拠りながら、本状をもって、超厳師の至上なる命令に従い、関連承認印による保証のもと施行の認可が布告され、市民の良心によってあらゆる種類の逸脱、改変あるいは省略が避けられるとの十全なる確信を寄せられるところのものとは、これ即ち（規定で定められた瞬間に）一組の男女間に交わされることを許可された、初の宇宙的対話である。周到に構想され、祖国の求めおよび我等が高邁なる闘志と創造的精神に沿って再検討と調整を施された本対話は、以下のようなものであり、超絶厳帥勝利記念祭を間近に控えるにあたって、本条項に包含される全ての市民によって当日用いられるべきものである。

男　超絶厳帥万歳！
女　万歳、万歳、万歳、万歳！
男　我等は剛健、いや増す生産。
女　生産、生産、生産。
男　さらなる善意と品位。
女　品位、品位。
男　あぎィ、あぎィ、あぎィ、敵は殲滅すべし。
女　あぎィ、あぎィ、あぎィ。
男　弱さも、休息も、下《しも》への視線も、一片許すまじ。
女　あぎィ、あぎィ、あぎィ。
男　我等が鉤爪常に団結し、囁かんとする者へ向くべし。
女　あぎィ、あぎィ、あぎィ。

男　我等が鉤爪集《つど》いて、後退せんとする者へ向くべし。

女　あぎィ、あぎィ、あぎィ。

男　我等が鉤爪握り締め、大なる愛を偉大なる超厳帥へ示さぬ全ての者に向くべし。

女　あぎィ、あぎィ、あぎィ。

男　あぎィ、あぎィ、あぎィ。

男女とも　あぎィ、あぎィ、あぎィ。

第一追加条項

大集結の日の当日は、最終的に至るところに轟き敵を震え上がらせる強大な声となるまで、「あぎィ」の部分をどんどん声量を上げながら繰り返すことが許される。

第二追加条項

対話中のその他の箇所は上記に表した通りに繰り返されなくてはならない。感情が最高潮に達した場合のみ「あぎィ」の数を増やしてもよい。（A）公認交接中の男女に対して行われた本対話の実験数例によれば、結合においては明らかにより一層の効率性と、従ってより一層の激しさをもたらすことが証明されており、本計画公認に際しては結合時間が一分間に短縮される可能性がある。（B）しかしながら交合について明記さるべきは、規則で定められた許可を得るのは無論のこと、「あぎィ」という甘美なる睦言《むつごと》とともに交接することを望む場合には、各関連地方支局にて申請可能な超厳帥刻印付き特別許可書を要するという点である。(C)本対話見本への付け足しあるいは省略に関しては、これを犯した者は国家的犯罪、反祖国的犯罪によって告発される。当該罪については、民主的極刑に関する刑法条文において酌量不可罪としてこれを追記する。

44 我が生業なる著述のうちに神の摂理が占める場所

中型プラカードの製造に特化しているこの大厳後都群を訪れた俺は、犯罪的堕落の新たな手口を発見する。プラカードを持つ係の畜生が、持ち上げる際に重みで身を屈める。この時後ろにいる堕落者が、本来見るべきプラカードではなく、身を屈めた奴の尻を見つめているのを見つけたのだ。ありふれた畜生が着るつなぎを着、下衆な畜生を装って、俺は中型のプラカードを持って後を追い、尻を屈めている奴の後ろに続く連中の目を密かに観察した。奴等は実際に見ていたばかりか、その間労働の遂行を怠ってすらいた。そうして国定つなぎを大いに膨らませて興奮していやがったのだ。あまりの怒りに襲われた俺はもう我慢ならなくなった。声を上げて犯罪を知らせた。最初の罪人が捕えられ、即座に例のごとく棍棒による殴打ととどめの一撃が適用された。信じ難いのは、殴打を喰らっている間すら奴の勃起が持続していた（おそらく増大していた）ことだ。ともかく、新手の堕落を発見した今、俺はこれに対し、他の者の臀部を見た者は男のみならず女も含めて直ちに処刑すべし、との命令を出した。捜査にあたっては監視の目を倍増する必要があった。以前は見られている側の奴が警察および目撃者の役割を果たせていたが、後ろから見られている今回は明らかにそれが不可能だからだ。もちろん、とりわけ頭の切れる取締員たちは常に半身になって歩き、片方の目で背後を見る。この方法は効果をあげた。どうやらこの犯罪的疫病は今いる大厳後都だけを襲っているものではなく、広範な悪習のようだ。俺は新種の犯罪発見の報を大秘書官に伝え、偉大なる超厳帥祭の日には、祖国からあらゆる犯罪的堕落を完全に浄化出来ているようにさせて欲しいと嘆願する。取り急ぎそれだけを伝えてから秘密部隊本営へと向かう、兵隊たちは俺の命令に従って、今や金玉だけでなく臀部をも、布切れや切り屑、石や針金だか何だか知るか糞ったれ、そんな物を使って目立たせている。

45
ベアトリス・デ・ラ・クエバ夫人が亡くなった恐るべきグアテマラでの嵐

超絶厳帥の偉大なる祖国に備わるいと高き威信と純潔に応じ、また愛国の前衛によってそのかくも狡猾なるを白日の下に晒された犯罪的異端を聞き知りし国家道徳監督のための愛国的代表者委員会に応じて、偉大なる超厳帥大祭の日以前に同犯罪を根絶することを目標とし、堕落とは無縁の偉大なる国家の旗印を誇らんがため、大秘書室は以下の決議を表明する。身を曲げて見るのであれ、正面から見るのであれ、凝視するのであれ、横目あるいは目の端で見るのであれ、出来心あるいは物の弾みによるのであれ、同志たる他の市民の尻を見た犯罪者は全て、問答無用につき厳正なる基本法の適用を受ける、即ち、我等が祖国の懐から永久に殲滅され抹消されることとなる。超絶厳帥に栄光あれ、来たる輝かしき記念祭よ万歳。

ハリスコ　46

時間が迫っている。どこもかしこも唯一聞こえているのは、砂利と砂ぼこりの舞う中、プラカードや大旗、記章、大型パネルや中型パネルを打ち付ける轟音のみだ。大記念祭が近づいているため、聞こえるのはただカナヅチやノコギリの音、棒にかんなをかけるキイキイいう音、缶を叩いて新しい讃歌を試奏する音、布切れや革切れを振りはたく音、巨大な旗が膨らみはためく音、練習に練習を繰り返す行進の音、それに取締員が堕落者どもの頭にますます迅速に抜かりなく振り下ろす棍棒の音だけだ。時間が迫っている。大浄化軍の先頭に立ち、俺は全ての大厳後都や大厳副都、大厳都や労働キャンプに進撃する。ことごとく勝利を収める戦いの最中、渇望に飢えながら、母のケツを、ガラスで出来たような母の顔を、鉤爪の手を、俺を見つめていた雌牛の目（それらはもう俺自身の鉤爪や潤んだ牛の目へと変わり始めている）を探し求める。あの女を見つけ出せないまま、処刑にサインし続ける。愛国の足蹴りを喰らわせながら、また俺はあらゆる場所へ踏み込んで行く。今や耳をつんざくほどのカナヅチの音だ。どの場所でも畜生どもは不休の労働を言い渡され、眠る者は処刑される。全ての労力は偉大なる日の準備と開催のために取り決められ倍加していく。この大音響の陶酔に包まれて、偉大なる祖国を浄化し終えた俺は、超厳郷へと凱旋する。母の痕跡は少しも見出せぬままに。書状の中で俺を超絶厳帥的英雄と評した大秘書官の急命により、俺は大秘書室での礼式に招かれていた。俺は小さくうなり声を上げつつ、慌てて頭を下げる歩哨たちの一団を窺いながら――だがどいつも母じゃない、あのあばずれはどこにもいない――、広大な敷地の柵を通り過ぎて、大応接ホールに入って行く、そこには当の大秘書官本人がいて、遠目に俺を見るなり立ち上がる。

47

強い渇望を秘めるがゆえに、いかに女たちが手当たり次第に愛するかについて

声明文　第一号

偉大なる超厳帥に敬意を表して近々開催される超厳帥祭にあたり、我等が偉大なる国家の構成員全員に対して、我等が豪壮なる超絶厳帥の栄誉を讃える方法について教示するため、全自由宇宙とともに栄誉ある超厳帥演壇の前にひざまずくこととなる全強同体員によって厳密に遵守さるべき以下の規則をここに発布する。

（A）　栄光に満ちみちた日の前日には、自由宇宙強同体の総員は、超絶厳帥が演壇にお出ましに

なった際に捧げる一分間の沈黙の予行として、起立したまま沈黙を守り続けること。

（B）沈黙期間を終えた後、自由宇宙の構成員は全員つなぎを身に着けて各々の団結戦線へと出向き、そこから大愛国平野へと出発すること。団結戦線では隊列が組まれるまで指定の場所に留まり、集合完了をもって「うらあああ！」という叫び声とともに出発すること。

（C）平野へ向かう途上の、祖国の土を踏みしめて行く行進は、一歩一歩空を見つめながら行うこと、そして微塵も他所に進路を逸れることなく「うらあああ！」といううなり声を上げ、なおかつ上方を見つめ続けること。隊列と隊列の間には、厳密に各代表者が引率を遂行出来るだけの間隔のみを空けること。

（D）各隊列の各構成員、即ち、自由宇宙の全成員は、それぞれ一つの大旗や小旗、プラカード、大型プラカード、旗章やポスターを持ち運び、事前の行列計画に従って、それらを片手あるいは両手、歯あるいは頭で支えること。いかなる場合においてもこれらのプラカード類は一瞬たりとも下げられてはならず、この種の規則違反を犯せば当然極刑によって罰される。プラカードの特性に従い歯で支えていたとしても、その者はかかる理由によって、各隊代表の指示があった瞬間に「うらあああ！」と叫ぶことを止めてはならず、この際に運搬中の品を一段と高くしっかり掲げ、かつ目は上方を凝視し続けなくてはならない。

（E）大愛国平野への行進はアジテーションの一定のリズムに合わせて行わなければならず、指定された以外の動作をすることは出来ない。体を掻いたり、どこかを見つめたり、放屁したり、私語をしたり等々を行う者は、大集結および賛美が終了した後に然るべき処刑宣告を受ける。

（F）各隊列は、平野に到着後、大型プラカードの後に続き所定の場所に留まること。そこで残りの隊がそれぞれの配置につくまで不動の姿勢で待つこと。プラカードの扱いについては各隊列の構成員がこれを見張らなければならず、従ってわずかな破損やへこみがあれば処刑宣告に値する。

（G）全宇宙の自由世界市民全員が然るべき隊において然るべき配置についた後は、絶えず注意を些かも逸らすことなく、超絶厳帥が即座にあるいは遅れて入場なさるのを待つこと。遅れる遅れないにかかわらず、指定された上方の一点を注視し続けること。

（H）　式典委員長の指導のもと、約三十時間にわたる超厳帥の演説の間中、委員長が合図する度に「うらあああ」という歓声、讃歌、「万歳」の声もしくは「あぎィ」の叫びを繰り返すこと。その後、超厳帥ご自身の合図によって、超厳帥に対する個別崇拝の時間が始まる。熱情を表明する方法は自由であり、身を捩る、体を揺らす、頭を下げる、飛び跳ねる、自慰を行う、自らの首を切る、自分を殴る、自ら生贄となって崇拝の念を証明するべく片目あるいは両目を引き抜くなど、各人が各々の表現方法を取ることが出来る。しかしながら、崇拝者は忘我状態にあっても常に規定に定められた場所を出てはならない。崇拝の陶酔と熱狂は、偉大なる超厳帥が恍惚をお感じになっておられる間中続けられる。この終了後に演奏される超厳帥宇宙讃歌には謹聴を要すべきこと。その後各人は隊列内で行進を始め、プラカード類の引き渡しを行うこと。即座に帰還し愛国的労働へと復帰すること。

48 肛門の性的利用

俺は超厳師大事務局に入って行く。向こう端に大秘書官がいる。俺を見て机の向こうで立ち上がる。鉤爪を広げる。鉤爪が赤いのはそこに巻かれた布のせいだ。補佐官も全員同じ赤い布のようなもので鉤爪を包んでいる。大秘書官が立ち上がると、全局員、つまり大秘書室の全職員が立ち上がる。俺も同じく立ったままで大秘書官を待つ。赤い手鉤を見ながら、超厳師を除けば、彼こそがトップなのだ、と俺は考える。もし超厳師が死んだり、姿を消したり、弾け飛んだり、他にどんなことが起きるかなど知ったこっちゃないが、そうなったら彼がトップになると誰もが知っている。だとすれば、彼が超厳師のことを気にかけざるを得ないのはもっともだな、と俺は思う。だが、と俺は考える、それ以上にまた超厳師こそ、このただ一人のトップ補佐のことを気にかけていなくてはならないだろう。今大秘書官は赤いフェルトの鉤爪で合図をし、自分がいる大きな机のところまで歩いて来るように命じる。俺はそこに着く。小物のけだものどもが頭を下げる。大秘書官は、ごてごてした物だらけの机越しに、鉤爪をますます広げて俺を抱擁する。ためらう様子など微塵もなくじっと俺を見つめるその目は、大きく、輝いていて、少し赤らんでいるのはきっと周りにたくさん赤があるせいだろう。俺は抱擁されたまま、待ちきれずに言う。**あの女を見つけられていません。どこを探しても見つからなかったのです。**大秘書官はじっと俺を見続ける。それから片方の鉤爪で俺の肩を引き、俺たちは大机の縁に沿って歩く。皆不動の姿勢で、俺たちが歩くのを見ている。超絶厳師の統べるこの国は、と大秘書官が声に出して話し始める、君の英雄的行為に心から感謝している。超厳師御自身が私に直接感謝を伝えよとお命じになられたのだよ。彼が立ち止まる。俺も立ち止まる。片方の鉤爪が持ち上がる。すぐさま、喇叭《らっぱ》か空洞の管か角笛か何だか知ったことか、そんな騒音が聞こえる。静寂が訪れる。大秘書官が言う。我が友よ、超厳師の命により、光栄にも君に愛国大英雄の称号を授与させて頂こう。受け取ってくれたまえ。再び大音響が聞こえる。全身赤ずくめの、若い、ほとんど少年と言ってよい局員の一群が、ケツや脚や股間をくねらせながら近寄って来る。皆が興奮した様子で、大秘書官と一緒になって、その小さな隊列が鉤爪にでかいトレイだか長い台座だかを載せて俺たちの方へやって来るのを見つめている。皆が若い男たちの膨らんだ股間を見ている様子を眺めながら、もしも相手が相手なら、これだけでも全員、大秘書官も含めて、全体殲滅に処してやるのに十分だ、と俺は考える。そこの犯罪的堕落者どもを引っ捕えろ！　そう言いたい気持ちを抑えなきゃならない。一団はもう目の前までやって来た。真ん中から、間違いなく健康優良そうな一人の兵隊が、鉤爪に盤だか板だかを持って進み出る。ぴったりした制服を身に纏い気障《きざ》な歩き方で近づいて来る。誰一人、台板の上に載っているブリキの勲章には目もくれず、はち切れんばかりの制服に包まれた若い肉体を見つめている。当の大秘書官も、容器を見るどころか、この愛国兵士の体を吟味している。眼差しは男の顔まで上がって来る。それから、愛国兵士と大秘書官二人の視線が共犯めいて交わる。狙われていることを知る獣のように、潤んだ従順な愛国兵士の目。微笑みながら瞬いている大秘書官の目。ようやく兵士の方も、ぼってりした唇を広げて微笑みを返す。いつまでも続くかのようなやり取りだった。兵士は（皆が見守る中）大きな台板を捧げ持ったまま動かない。大秘書官がブリキの勲章を取るため両の鉤爪を伸ばす。手に取る瞬間、四つの鉤爪（大秘書官の鉤爪と兵士の鉤爪）が触れ合う。このちょっとした、しかしはっきり確認出来る鉤爪の接触を行いながら、大秘書官がようやく俺の方を返り見る。貴君の成した働きは見事である、と俺に言う。俺は彼の目に嘲《あざけ》りを、俺に対する嘲りを見て取る。赤で覆われた手がきらきら輝くブリキを持ち、それを厳かに俺の胸へと運ぶ。完全な静寂だ。大秘書官の鉤爪が、覆い布のせいに違いないが、いささか扱いに手こずりながら、俺の胸に輝くブリキを取り付ける。ようやく作業が終わり、今度は超厳帥の急命を代読する。ここに授与せしは超厳帥愛国大メダルである……。祝辞が終わると、大秘書官は再び俺の肩に手を置き、儀礼的な抱擁を行う。**あの女が見つかりません、**

俺はもう一度、低くはっきりとした声で言う。大秘書官は抱擁を終え、俺の両肩に鉤爪を載せたまま、付けたばかりの大メダルを満足そうに見つめる。それから声に出してこう言う。超厳帥の急命により、君が超厳帥大演壇への名誉登壇者として招待され、そこで今一度、紛れも無き超絶厳帥御自身の御手で表彰の儀を受け、同時に全世界を前にして宇宙的英雄の称号を授与される旨、尽きせぬ名誉とともにお伝えする。一斉に、うらあああ！　という叫びが上がる。例の兵士は俺たちの目前で、大秘書官を見つめ台を支えたまま不動を貫いている。大秘書官の合図で叫び声が止み、俺は一方の肩に鉤爪をかけられたままホールの外に連れ出される。超厳帥を模《かたど》ったトロフィーや彫像、小型の像や胸像などが溢れる廊下を横切って、俺たちは街へと開《ひら》けたバルコニーとかロフトとかテラスとかいったような場所に出る、街では畜生どもが皆行きつ戻りつしながら、荷を背負い、持ち上げ、足を止めて身を屈め、釘を打ち付けては引き抜き、取り去っては加え、テラスを建てては取り壊し、要するに、街中総出であの偉大なる祭典、もう目前に迫った偉大なる一日の準備をしている。讃歌が鳴り響く。ここから見下ろすと、まるで下であくせく動いている畜生どもが皆、鶏が鳴くような讃歌の音や、次第に大きく速くなるリズムに合わせて動作を行っているみたいに見える。大秘書官は片方の鉤爪を柱につき、陶然とその光景に見入っている。何千もの畜生が運ぶ馬鹿でかい廃材の台、その上には、太陽と月と一個の不朽の星に囲まれた超厳帥の巨大な像が乗っている。廃材は時折その重みで揺れ、どしんと地面にぶつかってバランスを失い、労働中の畜生を百も千も押し潰す。臓腑《はらわた》が撒き散らされる光景に血色を良くしたように思える大秘書官は、その巨大ながらくたを運んでいる連中がまた破裂するのを見ながら、馬鹿にしたような仕草をし、俺を隣りに呼び招く。他のやり方もあったのかも知れん、そう俺に告げる。例えば樹々を残しておくとかな、樹の数を増やし、ひたすら種を蒔き、野に花を咲かせ、皆の腹を満たすとかだ。だがそうして腹を満たし、暇と日陰と散歩する場所とを与えてやり、さらには哲学的思索をやり出した末結局それに飽きるための時間、物事の価値を量り比べ、最終的には辟易《へきえき》して憎悪や苦悩を抱いたりするための時間を与えてやったとして、その場合奴等は今のように我々のことを崇めると思うかね？　誰であれ、自分で選ぶことの出来る人間、つまりは自由な人間が、自分以外の誰かを容認し得ると思うか……？　肝心なのは、超厳帥はこのことをよくよくご存じだが、全てを徐々に崩していくことなのだ、均衡、比較の対象、安定、記憶などを表し得るあらゆるものを消し去ること、ある中心、あるまとまり、ある秩序やある価値観を意味し得るあらゆるものを消し去ること、そしてその後で、他ならぬ不均衡そのものにこそ、真の中心の喪失にこそ基礎を置くような、新種の均衡を創り上げていくこと。ある人間が、もしくは今君があそこに見下ろしているあれがこんな風に思っているとしよう、一度唾を吐いてから次にまた唾を吐くまでの間に自分が出来ることは、わずかばかりの唾液を溜め再度地面に唾を吐ける可能性にすがることだけだと、ならばあいつを恐れる理由など存在せん。ああ、だがもし君がそいつに休憩を与え、思い通りにやらせ、手遅れになるまで思索するのを止めずにおき、思考の、つまりは批判の試みを許すとしたら、そいつは何かしらの方法で、存在の恩寵を与えてくれた君こそが最悪の敵なのだと気づき、自由という恵みを授けてくれた当の君に対して反乱を起こすだろう、そうすると押しとどめられないほどの勢いを持つことになり――君の主義に反するのにどうして押しとどめたり出来ようか？――そいつは君を殲滅するだろう。その高邁な主義とやらは跡形もなくなる、そいつが牛や豚みたいに踏みにじってしまうんだから。そして馬みたいに何度か右へ左へけたたましい足蹴りを放った後は、もうそいつは今君があそこに見ているあれに逆戻り、のろまなけだもの、荷を担いでは降ろす従順で悪臭のする畜生に逆戻りだ……。そういうわけだ、君も理解しているだろう、そう言ってまた俺をじっと見つめる、だから混乱に巻き込まれないよう、外から混乱を統治するしか道はない、他の者に先を越され、群れの側に回ることを余儀なくされるその前に、急いで鞭を拾うしか道はないのだ……。俺たちは歩き続ける。俺は彼に、仰ることは完璧に理解出来ます、何一つ私にはどうでもよいことです、私の問題はそれとは別です、と言おうとする。だが大秘書官は俺の腕を引き、広大なバルコニーを歩き続ける……。知っての通り今や多くの者が会話言語を忘れている。最新の言語調査では、大多数の者が一生のうちに覚えるのは三十語か二十語以下だと明らかになった。公定対話がこの問題を解決するだろう。誰にとっても言葉を知っているかどうかは障害にはならない、それどころか公定対話に忠実たるためには、言葉など全く知らない方が遥かに良いのだ、間違いも、改竄も付け足しもないのだからな……。もしそうする者がいたら、文脈から独立した言葉の外に出て行こうとする者がいたら、周りはほぼ全員この言語だけしか知らないというのがどういうことなのか思い知るがいい……。結局のところ、屋外柱廊の真ん中に立ち止まってそう続ける、我々が成したのは大いなる善でなくして何だろう？　というのも、平静と平穏以外に人間が追い求めるものなどあるだろうか？　賢人たちが皆空しくも探し求めてきたもの、もう君も知らないような、いや、ひょっとすると知っているかも知れないな、分からないが、そんな賢人たちが探し求めてきたものは、生という名の、あらゆる知性ある人間にとっての盲目的な不確かさに待ったをかけることでなくして何だっただろう？　我々は、どんな哲学者も、どんな賢人やヒューマニストも見出し得なかったものを世界にもたらしたのだ。我々は調和を、宇宙的均衡を達成したのだよ。そう、宇宙的、だ、なぜならもうすぐ宇宙は、統制された時空間のうちに高まり、声を潜め、沈黙するたった一つのつぶやきとなるのだから。堅固不抜たる統制と計画に基づいて大きくなったり停止したりするたった一つの呼吸だ。何人にとっても嘆き悲しむ理由や不満に思うことなどなく、拒絶したり反論すべきものなど何もない、なぜならその計画の他には誰も何も知らないからだ、ただ繰り返し、繰り返すのみ……。哲学だと、希望、不安、自由だと？　そんな概念など今となっては何とも馬鹿げて聞こえないか？　そんな口車を君は真に受けるかね？　そして君が、優等階級の一員である君ですら気にもかけないのなら、あいつら、あそこで足場材を運び、終わったらまた次、また次と運んでいるあの蟻の大群が気にかけたりなどすると思うかね……？　男女間対話を見たか？あの計画をどう思う……？　俺は賛意を示し、それから俺自身の関心事である母の話をしようとするが、彼は話し続ける……。今作成中なのはな、と内緒話っぽく俺に言う、独り身の男同士での対話なんだ。どう思う？　その対話が公認されてしまえば、男たちにとって解消されざる不安など他にあると思うか？　ちなみに、この報せは男たちにはあまりに信じ難いものだったから、奴等はそれを知らされた時、広報係の局員を反逆者だと思い殺そうとしたんだ。よく考えてみてくれ、独り身の男同士の対話、どう思うかね？　いいですね、俺は頷く……。だがこれだけじゃない、と大秘書官は続ける、もっとずっと重要なことが、宇宙的均衡の極致となるべきことがあるのだ。聞いてくれ、今や準備が整い公認されようとしているあるプロジェクトのことを君には打ち明けよう、その計画によって、我が強同体の成員が他の成員を食べてしまうことが合法的に可能になるのだ、もしその相手が祖国の敵であるということを証明し、その体を貪り食う申請を行えばな。どうだね？　これこそ絶対的均衡ではないかね？　市民の最大の不安が、他の者に食われないよう四六時中気を配ることだとしたら、国家が奴等を恐れる理由などあると思うか……？　ハッ、ハッ。奴等の服従ぶりを、頭を下げ、身を屈め、必死で荷を背負うあのリズムを見給え。奴等は幸せなのだ。そうは思えないかも知れないが、奴等は満足している。そう、満足なのだ。先人の権力者たちがこれまで犯してきた過ちは、権力の維持のために、許可し、与えていたことだ……。それとは対極のところに成功はある。要は奪うことだ、毎日さらに、さらにと奪っていき、その結果、汚染された悪臭のする空気を呼吸し従属の生を生き続けているという事実さえも極めて覚束ないものへと変えることなのだ、すると皆は不確かながらもその事実を手に入れるために、お互い相手を裏切ったり、相手を食べたりする好機を切望するまでになり、そういったことにすら許可の順番待ちをする破目になる……。見ろ、見たまえ、あれは獣の群れだ、狂人の、哀れなけだものの、盲目で汚らしい飢えた奴隷の集団だ、だがこれは祝祭でもある、祝祭の光景でもあるのだ……。俺は下で休みなく動き回っている大勢の群れを見やった。リズムや動きの中には統一があり、なるほどダンスのようにも見えるな、と俺は思った。そうだとも、と、その時大秘書官が、もう一度巨大な赤い鉤爪を俺の肩に置きながら言った、これこそ全宇宙の歴史の中で、最も大規模かつ陰鬱で、最も統率され完璧で、最も長期間にわたり最も激しく上手に踊られたダンスなのだ……。俺は再び、恍惚とともに群れを眺めているその厳格な顔を見た。俺は絶対に何も言わなかった、だけど今のは俺への返事だった……。大秘書官殿、俺はその時初めて心からの敬意を抱きつつそう言った、超厳師の御知恵は無尽蔵です……。従いまして私は、貴方を通して、超厳師に質問してもよいとの許可を申請したく存じます。畜生どもが動き回っている広場に背を向けて、大秘書官が口を開いた。超厳師の御知恵は絶大だ、彼はそう告げた。それからこう付け加えた、超厳師の御知恵、そして私の知恵もな。この最後の部分を発音する時、彼はひときわ声を強め、いまだ背を向けたまま微動だにしなくなった。それから言った、何が望みだ？　大秘書官殿、俺は言った、私が愛国英雄となるに至った理由を、貴方に隠すことなど出来ません。まだ実現出来ていないとはいえ、どんな望みが私を突き動かしてきたか、貴方はご存じです。貴方はご存じです、俺は今やほとんど哀願するように言った、私が唯一望むのは母を見つけ出し殺すことなのです。私がしてきたことは全てそのために他なりません。畜生どもを抹殺しながら全宇宙を巡ってきたのに、母を見つけられていない以上、どうして生きていくことが出来るでしょう、どうして、何のために進み続けるのでしょう、この勲章や、栄誉や功績が、私にとっては嘲笑を、敗北を意味するものでしかないのに、どうしてそれらを耐え忍ぶことが出来るでしょう？　どうして進み続けることなど出来るでしょう、私が追っているあのけだものがどこか別の場所にいることが分かっているというのに、私に一杯食わせ、あざ笑い、ますます私の内部に入り込んで来て、ついには私自身となり、完全に私を変形させて、私自身が母になってしまうことが分かっているというのに？　そうなれば私はただ単に、あの女じゃない奴等を追いかけ回して殺すことしか出来なくなり、最終的には母を殺すために、私自身を殺さねばならなくなります、すると母は永遠に、嘲笑を浮かべ、この私という自らの仮面を眺めながら、生き続けることになるのです……。大秘書官殿、俺は懇願して言った、どこに、母がどこにいるかご教示下さい。もしご存じでなければ、超厳帥にお尋ねする特別許可をお与え下さい。あの方なら必ずご存じのはずです……。大秘書官は俺に向かい合って立ち、まじまじと俺を見つめた。その後、俺から目を離すことなく言った。この件に関して君の助けになろうとしてきた者がいるとすれば、それは私だ。それを忘れないでほしい。君のことは完全に理解している。このところずっと私は君のことを見張り、観察し、個人的に調べてきた、だから理解出来るのだ。君の意志は本物だと分かる、憎悪に基づいているからだ。明日君は望みを遂げるだろう……。大秘書官は再び、足下であくせく働いている何百万もの畜生どもの方を振り返った。君は我等が名誉招待者の一人だ、超厳師の命により、第四英雄壇に上がることになる。大平野にはあらゆる者がやって来る。そこに君の母親も来ることになるはずだ。君は彼女に会えるだろう……。何と大いなる日、何とも大いなる日よ、俺に背を向け、無限に向かって喋っているかの如くに大秘書官が言った。取り憑かれたように両手を広げ、数秒の間俺から離れるように歩み出るその姿を俺は目にした。それから、戻って来て俺の両肩に鉤爪を置くとこう言った。もう行って式典の準備をせよ。それだけ言うと、背を向けて、長い柱廊だか、通路だか、ロフトだか大テラスだか知るか糞ったれ、そこを横切って、大応接ホールへ入っていった。

49 様々な動物遺伝学的種の生産高をめぐる遺伝学的応用

声明文　第九四号

項目Hに関する補足項への副補足項、または大集結に関する補足項への副補足項として付加された以下の追記および条項前記について、壮大なる集結の遂行のため厳密な適用が要請される。

項目Hの改訂事項ならびに副補足的追記

演説について。超絶厳帥がその栄光ある御姿を現される際、一体となった自由宇宙、即ち強同体の総員は、手に持っている旗章や小旗章、プラカード、小旗等々を高くかざし、頭上に上げて振り回し始めるとともに、口を開き「うらあああ！　うらあああ！　うらあああ！」と叫ぶこと。三度の「うらあああ」という叫びが終わったら、地面に鼻先が触れるほどに頭を低く下げること。その後、愛国警笛の音とともに目が回るまで身を回転させ、最後は瞬時にぴたりと回転軸上に止まって、その位置で静止したまま、再び定められた三回の「うらあああ」という叫びを発すること。この動作は、偉大なる超厳帥がその偉大なる自由の御手で止めの合図をなされるまで、絶え間なく正確に行われなければならない。それから、一秒当たり平均三回の割合で（諸々の品々は全て歯で支えながら）両の鉤爪による拍手を行うこと。万雷の拍手の音は、超厳帥が自由の御手により停止を命じるまで、次第に大きくしていかなければならない。それ以降は、今回の記念祭のため新たに作られた以下の大愛国スローガンが開始されるまで完全な静寂を保つこと。**超厳帥と常にあれ**、**超厳帥と全て成せ**、**超厳帥と全て克《か》て**。スローガンの終了後は愛国的忘我の時間が始まる。あらゆる強同体の成員は超厳帥に対する崇拝の念を思う存分表明する権利を与えられ、片脚または両脚で飛び跳ねたり、頭で逆立ちしたり四つん這いのまま静止したり、「万歳、万歳！」と叫んだりしても良く、あるいは腕や目、脚、指または心臓でも、好きな肉体の部位を供物としても良い。そうした熱狂的闘士が捧げる供物は、全て超厳帥のおわす方へと献じられることを、つまり大演壇前に放り投げられることを要する。しかしながら、供物を捧げるのであれ、叫び声を上げるのであれ、各隊の番号に対応する厳密なる区域から出ることはいかなる場合も許されない。超厳帥の終了命令によって供物あるいは崇拝が終わると、偉大なる国歌が演奏される。即時次のように叫ぶこと。かかる栄光を栄光と成せる超厳帥に栄光あれ！　その後、表彰の恍惚に震える英雄たちが呼び出されるので、各人は順番に、それぞれの高壇から超絶厳帥がおわす大演壇の方へと進み出て、指名の儀を受けること。その間中、民衆は一斉に「うらあああ！　うらあああ！　うらあああ！」と叫び、この大団結の日のために各部隊内で与えられたプラカードや小旗、大旗、旗章や半旗章を歯で振りながら、両鉤爪での拍手を響き渡らせること。偉大なる叙勲式の終了後、超厳帥統治記念のために選抜顕彰を受けた四十の讃歌が演奏され、大愛国粛清に殉じた英雄たちに捧げるため再度行われる一分間の沈黙を挟んで、不動のままに偉大なる瞬間の到来を待たなくてはならない。全ての拡声器から、超厳帥の肉声を予告する以下の前口上が聞こえてくる。《全宇宙世界に比類するものなき至上の瞬間《とき》が来た。全世界の世界市民が興奮に燃え、我等が世界的英雄の言葉を待っている。偉大かつ超卓にして超絶、超絶無かつ超絶超卓にして超卓超絶なる超厳帥が超絶を極めし御言葉をお発しになられる》。そして超厳帥の演説が始まる。

50 わたしの映画について

良留《ヨル》だ。明日は大いなる一日になる。大秘書官の言葉によれば、明日、俺は母に会うことが出来る。この鉤爪であの女を捕え首を斬り落としてやれる。誰もが起立したまま沈黙し、一分間の超厳帥沈黙の予行を行っているこの時、俺は休息のため立ち寄ることが出来たガラスの我が家で、あのじっと動かない群衆の中に奴がいるんだ、と考え、もう少しで自分を抑えきれなくなりかける、もし、良留《ヨル》の間中続く一分間の沈黙の予行をいかなる場合も妨害せぬように、との通達が出ているのでなかったら、今すぐ奴を捕えに駆け出して行くところだ。だが俺は待つ。目を開けたまま仰向けに寝そべっている。あそこにあの女がいる、すぐ近くにいる、奴がやって来る。俺の目の前に立ちはだかる。並外れて巨大な脚を開き放尿する。迸る尿が俺をずぶ濡れにし、小便臭さに息を詰まらせながら俺は走る。走っても、あの雌馬は俺の前にやって来て、もう一度巨大な脚を広げ、もう一度俺に向かって奔流を噴射する。上の方を見ると、そこには馬鹿でかい毛むくじゃらのものが、絶えず俺の頭上に構え、化け物じみた蜘蛛のように、貪り食い、身を捩っている。俺は走る、走る。その蜘蛛は重心を定めつつ、口笛のような、呼び笛のような、調子外れの歌のような音を出し、その熱い足で俺をわし掴みにしながら、上の方から、血まみれになった穢い生理の分泌物を俺に噴射する。俺は目を開け、叫び、鉤爪で自分の顔を殴りながら起き上がる。あそこに、窓の後ろに空がある。星、明星、彗星といった色んなごみ屑を、そして最大のごみである、月を浮かべた空。丸く膨らみ、どっかりと嘲るようなツラ、不感症の、度重なる足蹴りで腫れ上がった、低級な売女や汚れた売女のツラをした、恐ろしい月。俺は奴を見る、自分自身を見る、奴のぞっとするような丸い姿が、俺の体があるところまで降りて来て、また俺を殴る。それから昇って行き、再び汚いファルセットの叫び声を放つと、上空に陣取り、俺から目を離さぬままに、顔が消え失せていく。俺の体毛が持ち上がる、両腕が持ち上がる、鉤爪が持ち上がる、爪が持ち上がって毛を根こそぎ引き抜くが、毛は一瞬で伸びてきて持ち上がってしまう。上では今、あの赤みがかった巨大なごみ屑が馬鹿でかい爛《ただ》れた毛むくじゃらになる。ますます赤みを増しながら、化け物じみた生理のぞっとするような澱《おり》を俺に浴びせかける。その恐るべき汁が俺の顔に落ちて来る。血と悪臭のする膿とが俺を覆う。俺は自分の体を引っ掻き、立ち上がり、走る、だがとてつもない量の汁が降り注ぎ続ける。毛の生えた巨大な器官が俺を狙って発射し続ける。ママ、ママ！　俺は喚く。あの女は俺を丸呑みにして、俺を絶えず溺れさせ麻痺させて、もうすっかり俺を覆ってしまう、俺を無力化して、すっぽりとくるみ、柔らかくて震えているいびつな何かに、ママ、ママ！　と叫んでいるもう一つの爛れた毛むくじゃらの物体に変えてしまう、そして俺は失血し、ヨダレを垂らし、哀願し、喚き、ねばねばの毛むくじゃらの間で窒息しながら、爛れていく。あの女は上にいて、売女のように丸々とし、またもや尽きせぬ経血を俺に噴射する、それが俺の戦慄を照らし、俺はもう母と同じようにものが見えるようになる。俺……。母。俺は金切り声を上げてもう一度跳び起き、大鉤爪を手にして駆け出す。あの女を殺さなくては、あの女を今すぐに殺さなくては、うなり声を上げ、跳ねながら俺は外に向かって身を乗り出す。まさにその瞬間、大いなる日の到来を告げる讃歌が鳴り響き、皆が一分間の沈黙のための十二時間に及ぶ予行を終えて、それぞれの隊列を成すために駆け出す。俺は自分を抑え、ガラスの家に入って、大集結には到底持っていけるはずのない大鉤爪をしまい、ますます怒りを募らせながら、愛国平野へと向かう。あの女を探しに、あのあばずれを探しに、あの女を見つけ出し亡き者にする最後のチャンスを求め、あの糞女を探し出すために。俺は怒りと恐怖に震えながら走り、第四英雄壇に到着した後持ち場につく。

51
不安の昂進。ふたりの祖父とたそがれどきの船遊びとについて

演説後について
（項目Hの追記ならびに副補足的追記）

超厳帥の公式演説の終了後三十日間（かつ公認会話の時間内のみ）の間は、輝かしき超厳帥の御演説について以外のことを話してはならず、そこで使うことを許されるのは**栄光ある**、**偉大な**、**唯一無二の**、**楽観的なあるいは堂々たる**といった語である。この三十日間の賛美の終了を待って、全強同体員が一人残らず事前に熟知し暗記しておくべき公認対話の実施が始まる。この他のいかなる対話も卑劣なる反逆的陰謀行為と見做され、国家に対する大逆ならびに超厳帥に対する大逆行為である囁きに

関連する条項が定める、民主的極刑に則《のっと》った刑罰を宣告される。

52 襲撃

グワン、と轟音が鳴り響き、超厳帥陶酔軍団が組織される。逐一計画された動作に従って超厳帥平野へと進んで行く。一人残らず、各隊伍内で目前を行く者の首を凝視している。それが延々続いているので、監視責任者からも一列につき一つの首しか見られないようになっている。連中は今俺の横を通り過ぎて行き、前方にいる者の首に視線を釘付けにしながら、人文字監督長の指導を受け各隊伍長が出す合図に従って、声に出して復唱するべき言葉を呟いている。拍子を合わせながら平野へと向かう整然とひしめき合った畜生どもが近づいて来ると、糞や尿や汗の湯気が俺のところまで立ち昇って来る。奴等を観察する。指示された区域に到着し所定の位置についていく。あらゆる土嚢壁や見張り台から、超絶厳帥を讃える栄光の讃歌が響き渡るが、超厳帥はまだ到着していない。各隊伍の第一列に並ぶ先頭のけだものどもが、象徴物や図像を取り付けて超絶厳師への並々ならぬ称賛を表した布地を掲げる。行列が続く。汗と、押し合い圧し合いされた骨がぎしぎし軋む音の中に、俺はあのあばずれを探す。あの女をいよいよ始末するため、幾多の鉤爪や坊主頭の中に、奴の憎悪の目を探す。だがまだ奴は来ておらず、俺は一人ひとり詳しく見ていく、隊列は整然としているからそんなに難しいことじゃない。ちょうど正午になり、ほぼ全員が認可された区域内での配置につく。大音響の讃歌が、骨の音や悪臭や熱や塵芥の上を流れて行く。人文字の合図によって、俺たち愛国英雄は英雄壇上の各自の持ち場に移動する。英雄的行為の等級に応じ、俺は第四壇へとやって来る。隣りには鼠の顔をした奴がいて、俺を見るなりしわがれた鳴き声らしき音を発する。俺は奴に小声で、どんな功績を挙げたのか尋ねる。だがその汚らしい豚はしわがれた鳴き声を発し続ける。これこそが奴の功績なんだと俺は理解する。完全に言葉を忘却したのだ。逆側の隣りには女が、あるいは女と思しき奴がいる。完全に丸刈りの頭、ひび割れた灰色の肌、乾木のような手、睫毛も輝きもない目と、凝り固まった二つの亀裂のような口からは、こいつの性別を見分けられない。単に前の開いていないつなぎを着ていたから、女なのだろうと思ったのだ。この石で出来たみたいな顔の奴が、一体どんな見事な行為を遂げたのだろう、どれだけの奴を絞め殺し、どれだけの奴を密告してきたのだろう。ひょっとするとこいつの英雄的行動はもっと模範となるべき種のもので、最初に人肉を食べた連中の一人だとか、我が子を偉大なる連盟に寄贈したとか、特定の標的を感染させるために致命的な疫病に罹ったとか、そんなところなのかも知れない。実のところこの第四超厳師高壇こそが、国中で最も英雄的な国民が集まっている場所なんだな。第二超厳師高壇を占めているのは、延々続く単調な労働の結果ほとんどがつんぼのめくらになった、ジジイやババアや労働者たちだ。第三超厳師高壇にいるのは、超厳師の言葉を聞きに来たのではなく、超厳師と俺たちの間のバリケード役となりに来た連中だ。この豚どものあまりの狂信ぶりには、他ならぬ囁き取締局員ですらも恐れをなす。第一超厳師高壇はといえば、そこにいるのは外務官長や副外務官長、超外務官長や後外務官長、副大臣や先大臣たちだ。その最後、一段と高い壇に控えているのが、大秘書官の演壇桟敷であり、さらに上の方に、超厳師の大演壇がある。俺は第一超厳師高壇に陣取っている面々を、その巨大な腹を、分厚い唇を、偉大なる御越しを待って鈍重にそわそわきょろきょろしている様子を見つめる。あちらには国家機密に精通した大代表者団、あちらにいるのは処刑用棍棒の扱いと三度の象徴的打撃に格別長じた者たち。こちらの五月蠅《うるさ》い仔驢《ろ》馬《ば》の一団は愛国児童、つまり、自分の親が反逆者であると知らせるのに貢献した子供たち。親がうめき声を上げ、時には恥ずべき疲労困憊の溜息すらついているのを、とある瞬間に耳にした愛国児童たちだ。超絶厳師はこうした英雄たちを偉大なる壇上へと招待するのを好む。演説でもしょっちゅう、腕を振り回して喝采を送っている。今、第一にして至高の高壇に向かって、何百万もの鉤爪が高く掲げられる。大秘書官が入場したのだ。長身細身で皺だらけのその体躯が、数多くの丸坊主が頭を垂れる中を進んで行く。この姿が抱かせる畏敬の念は、ほとんど超厳師自身が抱かせるそれよりも大きい位だった。これまで一度も大秘書官は公の場で話したことがなかった。しかし、彼が密かに持つ強大な力、超厳帥本人にすら彼を亡き者とすることを許さずに、その地位を生き延びてきた底なしの抜け目なさを、誰もが知っている。そしてその力がどこまで及んでいるか分からないという事実が、彼をなおさら恐るべき存在にしているのだ。今ようやく、第一にして至高の高壇にある自分の席に辿り着く。大秘書官が（挨拶をしているか、あるいは蔑み見下しているかのように）身を屈めたのは、単にそうしないと高い壇上からは民衆の姿が見えなかったからなのだが、その瞬間広大な平野は完全な静寂に包まれる。数秒の間丸刈り頭の海を見つめていた大秘書官が一つ仕草をし、敬意を表すべく挙げられていた鉤爪が一斉に下がる。熱狂し、魅了され、あるいは密かに憤っているみたいに、じっと動かず俺たちがいる上の方を見つめている畜生どもを、俺は一人ひとり観察する。丸刈りの頭が人文字で大きな標語を形作る。**栄えいや増す祖国の英雄たち全てに栄光と名誉に満ちみちた栄誉あれ**。もうばらばらになって次に移ろうとしている標語を大秘書官が見つめる。**超厳帥とともにあらば全てが、超厳帥とともにあらずんば無が**。大秘書官が再び広大な平野に視線を向け、乾ききった老齢の唇が広がって微笑むように見える。**いかなる言葉、いかなる仕草、いかなる動作も、超厳帥の御導きを実現せんがためになすべし**。最後の代表団が位置につき、坊主頭総動員の人文字が特大の標語を作る。**超絶厳帥万歳！**　ぶつかり合う鉤爪の大音響が耳をつんざく。一時間以上にわたり平野中の者が拍手し続ける。俺はつぶさに見ていく、拍手しているこの畜生どもの誰一人として俺の母ではない。人文字に参加している奴等の中にさえあの女はいない。俺は望遠鏡を大秘書官の方に向ける。あちらも双眼鏡で俺を見ている。唇がさらに広がったように見え、目は何か合図のようなものを送っているような気がする。だが全てはほんの一瞬の出来事で、何もはっきりとは分からない。俺はもう一度よく見てみるが、そこにいるのはただの、膨大な数の鼠どもの集まりを前にして昂っている干からびた長身の老人だ。ついに前奏讃歌が鳴り出し、超絶厳師が姿を現す。群衆が歯で操りながら振り回す小旗やプラカード、標語、パネル、高く振り動かされている布地が、恍惚に満ちて振り回される鉤爪の乱舞が、全てを覆い尽くす。言葉を持たない隣りの男は、崇拝の咆哮を長々と上げる。女の方は動かないままだが、その目からは涙が溢れ石のような顔中に流れる。超厳師讃歌が流れると群衆は平静を取り戻していく。超厳師が鉤爪をわずかに動かすと、絶対的沈黙のうちに何百万人がその鼻先が地面に触れるくらいに坊主頭を下げ、その後じっと立ったまま一分間の沈黙を行う。それからまた頭を下げ、ただ奴等の緊迫した呼吸音と、唇が土埃に擦れる音だけが聞こえてくる。うずくまった群衆の上では旗やプラカード、大型のプラカード、小旗や旗章が、唯一命あるもののように揺れ続けている。超絶厳師はその桁外れの太鼓腹を前進させ、ようやく超絶厳師演壇の一番高い箇所に陣取ると、大望遠鏡で土下座姿の群衆を眺めやり、その巨大な腹はいよいよ膨らんでいく。讃歌が流れている間も、ものすごい尻で体を支えながらこれ見よがしに歩き回り、不釣り合いなまでに大きな首を左右に動かし、毛に埋もれた唇を動かしながら、喘いでいる……。超絶厳師の仕草により讃歌が終えられると、スピーカーから声がして、超厳帥御自身が、偉大なる御代に冠たる英雄たちに、御姿の刻まれた超厳帥大英雄勲章をお授けになる不滅の歴史的瞬間が到来したと告げる。生贄の儀式はその後に執り行われる、なぜならこれよりも前に実施すれば、とスピーカーの声が興奮したように言う、国民が進んで生贄として敬意を込めて演壇の方へと放り投げた四肢によって、英雄たちが演壇まで到達することが妨げられると危惧されるからである……。最初に演壇へとやって来たのは丸刈りにした灰色の老人だ。その英雄的功績は掛け値なしに絶大なもので、あらゆる超厳帥の演説を諳《そら》んじ、それればかりか数々の讃歌や法律、スローガン、さらには皮肉やユーモアを交えた一節に至るまで、要するに公の場で超厳帥が発した言葉の全てを諳んじているのだ。老人は震えながらようやく演壇を登りきる。超厳帥はその偉大なる鉤爪の片方を上げ、胸に大メダルを付ける。あまりにも感極まった灰色の老人を、役人たちが体を担いで演壇から降ろしてやる破目になる。今登壇しているのはあの石女で、案の定、敵に感染させるためにありとあらゆる伝染病に自ら感染したのだった。膿汁の跡をつけながら大演壇へと到着する。超厳帥は鉤爪に分厚い保護膜をはめて、離れたところから大記章を付けてやる。女が崩れ落ちる。群衆全員の恍惚が頂点を極める。超絶厳帥がすぐさま命令を下し、数人の役人が、病原菌を撒き散らしながら破裂してばらばらになったそれを拾い集めて撤収する。スピーカーが紹介を続ける。次に登壇するのは、どんな種類の愛情よりも祖国愛を優先させた栄光ある子供たち全てを代表し、これに代わって表彰を受ける三人の模範的児童だ。この三人の仔驢馬は軍隊式に大演壇へと歩いて来て、メダルを授与しようとしている毛むくじゃらの巨大な人物の前にさっさと進み出る。三人の若い豚どもの顔は、平野中の顔、壇上の顔や挙句には超厳帥自身のツラにまで睨みをきかせているといった風情だ。この三人の小さなけだものどもにわざとらしさや嘘は微塵もない、奴等が取る行動は、厳かなまでに自らの意志によるものであり、怪物的なまでに本心から行われるものなのだ。こいつらは今ある世界の住人で、過去には何の関わりも持たない。超厳帥自身でさえも奴等にとっては別世界の産物なのであり、もし他でもなく超厳帥世界を維持するために必要とあらば、ためらうことなく亡き者とするはずだ。今演壇を降りる足並みに表れている尊大さこそは、こう宣言しているかのようだ。**小さな豚である俺たちは、お前らなんかより上だ。気をつけやがれ、俺たちこそが新しい人間なんだからな……。**

その時次の表彰者を告げるファンファーレが鳴り出し、全ての旗やプラカードや小旗や、どんなものでも構うか糞ったれ、それらが俺を讃えるためにはためく。俺は超絶厳帥演壇へと登り始める。第四超厳帥高壇から超厳帥大演壇までの距離は長く、俺はこの道のりを利用して、ぎゅうぎゅう詰めのけだものどもを見渡しながら母を探す。今や式典の最中とあって、糞と汗の臭いがする湯気はますます強烈だ。その湯気を呼吸しながら、またもや騙されたんだ、と俺は思う。もうほとんど演壇のところまで来てしまい、嘲笑のように響く大音量の讃歌に、俺は怒りを、地団駄を踏む思いを制御出来なくなりかける。そんな風にして進んでいると、長身を屈めた姿の大秘書官に出くわし、彼は忌々《いまいま》しい仕草で俺に超厳帥大演壇を指し示す。痛めつけられた小鳥のように哀れっぽい大秘書官の姿を、俺は憎悪を込めて見つめ、私を騙したんですね、と言おうとする。だがその時、讃歌がさらに一段と大きくなり、大秘書官は平然として、頂上へと続く階段を俺に示している。登りながら最後にもう一度群衆をくまなく観察する。安らぎなどとは無縁に、じりじりと日に焦がされながら頭を下げ、鉤爪を振り回してはまた頭を下げる何百万の蟻どもに向ける、嫌悪に満ちた最後の一瞥。讃歌が鳴り止み、式典が続行される。怒り狂いながら、俺は眩い光の中、人文字が素早く**超厳帥に栄光あれ**から**超厳帥万歳！**という別のスローガンに変わると同時に、超厳帥大演壇へと到着する、台地のように高く広大なその場所からは、際限なく揺れ動いている畜生どもを見はるかすことが出来る。大演壇の前方に、太鼓腹で毛むくじゃらで、馬鹿でかいあの姿、俺に背を向け、甲羅の中で直立した亀さながら、奴隷の海を前にして陶酔している姿がある。太鼓か、缶か、大太鼓か何だか知ったこっちゃないが、そのカチンカチンという音が鳴り、次の表彰者の到来を知らせる。それから、むかつく太鼓の騒音が止んだ後で、巨大なケツがぐるりと回り、突き出た腹がこちらを指して、締まりのない足腰がすっかり俺に向かい合わせられると、鉤爪には胸に留められるきらきらしたブリキの勲章が持たれている。厳粛を極めたこの瞬間に俺がなすべきことは、瞼を下に向け、その足の鉤爪に口づけをすることだと分かっている。だが俺は立ち続け、直立不動のまま怒りに満ちみちて、ツラまで視線を上げる。そして俺はあいつを見る、あいつを見る、あの女を見る。あの女だ、目の前にあるその顔は、憎らしく恐ろしい俺の母の顔だ。それは超絶厳帥の顔でもある。二人は同一人物なのだ。道理でこんなにも見つけるのに苦労したわけだ。あまりの驚き、あまりの怒れる歓喜に、俺は数秒の間我を忘れる。巨大な体躯は、大演壇の中央で微動だにしない。二人とも、驚きと怒りに満ちて一瞬お互いを見つめ合う。じゃあこれがお前を見つけられなかった理由ってわけかい、俺は言い、接近し始める。あの女は何重もの防具に身を包んだまま、後ずさりする。下で拍手が鳴り響く。人文字が作られる。**超絶厳帥は無限なり**。拡声器が告げる。《今まさに偉大なる超厳帥は、反堕落・大浄化兵団最大の英雄に勲章を御授けになろうとしておられる……》。俺はさらに近づく、あの女は平野の反対側へ向かってのろのろと駆け出す。ぜいぜい息をしながら、そこから大秘書官と第二高壇の連中へ合図を送っているらしい。だが俺はまた少し近づく。そして、奴に向かって進む最中、俺のペニスが初めて出し抜けに直立し始める。あまりに激しい勃起は公定つなぎを引き裂き、解放され猛り狂って揺れ動きながら、母に狙いを定める。缶を叩くおぞましい音と讃歌が流れる中、あの女は怖気づいて後ずさりする。気を持ち直し、奴は剣だか棍棒だか王笏だか、三叉笏だか杖だか、そんなこと知るか糞ったれ、その一つをとんでもなく巨大な鉤爪に取り、猛然と俺に向かって投げつける。俺は空中でその金属製の武器を摑み、これは何か新たな公式行事なのだろうと思っているのか、いまだ恍惚状態にある群衆に向かって、それを放り投げる。どんどんペニスを屹立させながら俺は近づいて行く。するとあの女は巨大な歯車を取り出して目まぐるしく振動させ、俺の体めがけて発射する。身をかわすと歯車は、無反応なのか石のように固まっているのか分からない膨大な群衆の上へ落ちて行き、首を斬り飛ばされた何百もの鼠どもが四角い隊列の中で倒れていく。俺はさらに近づき、あの女は今度は重々しい巨大な球体を取り出し、円盤さながらに猛然と俺に投げつけてくる。馬鹿でかい球は阿鼻叫喚の轟音を上げながら、外務官長や副外務官長たちの高段に落ちて行き連中を抹殺する。観衆が皆戦いを見守る中、俺の魔羅《まら》はさらに猛々しさを増しつつ、びくびく揺れながら大きくなっていく。もはやあの巨大な雌馬に届き、奴のブリキの勲章に触れた瞬間、まださらに昂《たかぶ》りを増して、身を覆う防護用の装備を打ち壊してしまう。第一の覆いと一緒に、メダルや、カチャカチャいう金属や、帯や飾り帯、紋章や勲章などが一斉放射の如く散らばり落ちる。あの女は怒り心頭に発し、鉛色の鋭利な蛇で作ったような大縄を引っ張り出し、大演壇中をぐるぐると振り回しながら、猛り狂って俺の方へ投げつけるが、奴が打ち倒したのは例の子供の英雄たちやその前に登壇した残りの有象無象どもだ。俺は性的興奮の絶頂に達し、両脚をこれでもかというほど広げ、怒りで一物そのものと同じくらい真っ赤になって、あの女に狙いを定め突撃する。二つ目の覆いがみしみし軋みながら、じっと静止した群衆の上に落ちる。奴は俺に向かって特大の釘を雨あられと投げつけ、第三高壇の英雄たちを刺し貫いていく。俺は怒りのあまり（一発の釘が俺をかすめて飛んでいったのだ）、今さらに膨張した一物で再び奴に襲いかかる。三つ目の防具が不動の群衆の上に落ちる。追い詰められながらも、なおも俺を殺そうとして、あの女は衣装の内側にあるバルブを開く、するとそこから熱い蒸気がすごい勢いで噴き出して来て、クラッチが切れる爆音とともに第四高壇と第五高壇の英雄たち全員を抹殺していく。奴のとんでもなくでかい尻の後ろに回り込んだ俺は、ひとっ跳びに奴の前方に降り立ち、再び攻撃する。俺の魔羅が四つ目の覆いを一閃打ち落とす。ついに、超厳帥の兜を取り去った奴の頭が、狡猾な老いぼれ女の憎むべき灰白色の頭が、汗と怒りになびいている、ぼさぼさで鼠色の、年老いた雌山羊のような縮れ毛が見える。口も見える、かつて俺の名前を発音しさえした恐るべき口。老いぼれた偽善者のしかめ面を見つめ、今なお勝ち誇ったように俺を凝視するその目を見つめていると、怒りと勃起がいよいよ俺を急き立て、一物を狙い定めてまた奴を襲う。追い回されたあの女が、鉤爪や金属片や材木の切れ端を投げつけ、噛みつきかかりながらあちこち逃げ回っている間に、五つ目、六つ目の覆いが外れる。俺はもう一度奴に襲いかかり、最後の防具が群衆の方へ転がり落ちる。今俺はそこに、何百万ものしみや皺だらけの、あの女を見る。裸になった巨体の雌牛、巨大な尻ととてつもない乳、奇形の蛙のような姿、灰色の髪と悪臭のする穴。ペニスを勃起させ、腰に手を当てて、俺は立ったまま奴を見つめる。俺の憎しみと嫌悪と不快はもはや言葉に出来ない。その時だ、醜い裸体の、白くて臭い大雌牛は、ずる賢い雌犬にふさわしい最後の切り札を出すべく、巨大な乳の上でぼろぼろの鉤爪を組み、泣きながら俺を見て、**息子や**、と言う。これが俺が聞くに堪える最後の言葉だ。その言葉に含まれるあらゆる愚弄や、恥辱や、恐怖や、挫折や、恐喝や、嘲笑や叱責が、俺のところまでやって来て、俺を平手打ちし、辱める。勃起は法外な大きさになり、俺は前に進み出て、一物をその標的に、あの悪臭を放つ穴に向かって撃ち込み、奴を突き刺す。貫かれたあの女は長々しい叫び声を放ち、俺が勝利を感じ取り、奴の中にぶちまける怒り狂った快楽を感じ取るのと同時に崩れ落ちる。母は咆哮を上げながら、ボルトやワッシャー、ブリキやガソリン、精液や糞や迸るオイルを放出しながら弾け飛ぶ。その時だ、俺がぶちまけ奴が最期の咆哮を上げたと時を同じくして、信じ難いほどの轟音が平野中を駆け巡る。とてつもなく大きな囁きだ、手当たり次第に局員たちを引っ捕えては殺し、全てを破壊し始めている群衆が上げている囁きだ。そう、無反応な態度を取り続けていたあの民衆全員が、突如として鉤爪を振るい始め、もうすでに高壇や見張り台や土嚢壁を引き倒し、さっきまで旗をかけていた竿で道を押し分けながら、複合家庭や皇苑《コウエン》やスピーカーや移動式独房を破壊していく。あまりの破壊の凄まじさに、どんどん大きくなっていく囁きですら、物が倒壊し、骨が軋み、櫓《やぐら》やプラカード、彫像や鉄格子がみしみしいいながら粉々になる爆音に混ざり合う……。膨大な数の激昂した群衆が、怒りに満ちた囁きに合わせて追いかけ回し破壊しながら進んで行くのを横目に、俺は生気のない肉塊と化した（ようやく蒼白になって萎《しお》れている）一物をつなぎの中にしまう。疲れ果て、騒乱の中を誰にも気づかれることなく（奴等は躍起になって叫んでいる、**ついにあの人殺しの超厳帥を倒したぞ、ついにあのけだものがくたばったぞ！**）、人混みを掻き分け、街の端まで辿り着く。砂のところまで歩く。そして身を横たえる。

ハバナ、一九七四年——ニューヨーク、一九八八年

訳者あとがき

舞台となるのは、独裁者「超厳帥」を唯一無二の頂点とする絶対的な独裁国家。苛烈極まる暴力と、監視・密告とに基づく非人道的な抑圧支配のシステムが、日常の細部に至るまで徹底的に張り巡らされている暗黒世界だ。国民たちはすでに人間らしさを剝奪され動物化した「けだもの」(その手はもはや獣じみた「鉤爪」に変わっている)としてのみ扱われており、厳格で理不尽な法律や行政制度の数々によって、自らの発言や行動、さらには記憶や意志の自由までも禁じられたまま、ただひたすら体制に奉仕するため強制労働を命じられる。国家総動員の一大行事である独裁者の統治記念式典が近づくにつれ、労働はさらに凄絶さを増し、新たに考案され制定される幾つもの不条理な制度とともに、独裁国家は支配の体系をますます完璧なものへと築き上げていく。物語の主人公となるのは、この世界で固く禁じられている人々の「囁き」を取り締り、違反者を密告し抹殺する取締員として急激に頭角を現していく人物だ。彼は自らの立場を利用し、首都を離れ各地を粛清して回る旅に出るが、その真の狙いはただ一つ、燃えるような憎悪の対象である自らの母親を探し出して亡き者にするという、妄執的な渇望だった……。

ここに訳出したキューバ作家レイナルド・アレナス（一九四三―一九九〇）の小説『襲撃』(Reinaldo Arenas, *El asalto*, Barcelona: Tusquets Editores, 2003) を一読した読者の中には、少なからず驚きを覚えられる方も多いのではないだろうか。アレナスについてはこれまでにかなりの数の邦訳や紹介がなされているが、本作を通じて初めてアレナス作品に触れる読者の方は、全てのページに充満する罵詈雑言と呪詛によって描き出された悪夢的独裁社会の暗澹たる風景、そして最終章で訪れるどんでん返しを、どう受け止めて良いものか戸惑ってしまうかもしれない。研究者ステファニー・パニチェリは『襲撃』を「キューバの『１９８４』」と評したが、この妥当な評価にならって本作をいわゆるオーウェル風ディストピア小説の系譜に位置付けてみたところで、アレナス特有の誇張によりグロテスクなまでの露悪的描写を施された本作は、なお読者の心の中にそうしたレッテルには収まりきれない強烈に不穏な爪痕を残すに違いない。

しかし同時に、本作への驚きと戸惑いは、すでにアレナスの作品世界に馴染みの深い読者にも共有されるもの、いやそればかりか、より一層大きく感じられるものだとも言える。それほどにこの『襲撃』という小説は、アレナスがライフワークとしてほぼ三〇年を費やし書き上げた自伝的長編小説の五部作「ペンタゴニア」を締めくくる最終作でありながら、五部作のそれまでの作品群とはかなり趣を異にしているところがある。「ペンタゴニア」連作の枠組みの中で捉え直したとき、『襲撃』はさらなる異質さを露わにし、そしてその先に多様な解釈の余地を現してくるかのようだ。二〇一六年八月現在、「ペンタゴニア」の日本語訳は一作目の『夜明け前のセレスティーノ』しか存在していないという事情もあるため、以下の文章ではこのもう一つの驚きにつながる五部作の背景知識について、訳者として最小限の補足を加えておきたいと思う。

五部作「ペンタゴニア」と『襲撃』

作家レイナルド・アレナスの生涯については、すでに波乱万丈で蠱惑的なエピソードの数々が鮮烈な印象を残す自伝『夜になるまえに』、およびジュリアン・シュナーベル監督によるその映画化などによって詳しく紹介が進み、日本の読者も容易に情報を得ることができる。ここではただ、反体制的な作家であり同性愛者でもあったアレナスが、特にこれらの人々を対象に六〇年代、七〇年代に著しく厳格化したキューバ革命政府の文化政策のもとで過酷な弾圧を受け、監視や逮捕、拷問、強制労働や発禁処分を被った人物であった事実だけを確認しておきたい。様々な苦難の末、一九八〇年のマリエル港集団亡命事件によってようやくアメリカ合衆国への亡命を果たしたアレナスはそれ以降、キューバ国内で出版の叶わなかった諸作品を含め旺盛な執筆・出版活動を開始するが、エイズ罹病による衰弱を苦にし、一九九〇年に四七歳の若さでニューヨークでの自殺を遂げることになる。

「苦悩の五部作」の意味を持つ自伝的五部作「ペンタゴニア」は、亡命前にキューバで受けた弾圧の体験をもとに構想・執筆され、アレナスが自身の最重要作品とみなしていた小説群である。『夜明け前のセレスティーノ』(一九六七)、『真っ白いスカンクどもの館』(仏語版一九七五、西語版一九八〇)、『ふたたび海』(一九八二)、『夏の色』、『襲撃』(ともに一九九一)の五つの小説が五部作を構成することは、一九八二年に『夜明け前のセレスティーノ』の改題・改訂版として出た『井戸の中で歌ってる』の序文において明らかにされているが、アレナス自身はそれよりかなり前から連作の構想を持ち、執筆を開始していたようだ。

しかし、デビュー作『夜明け前のセレスティーノ』以降キューバでの出版を禁じられてしまったアレナスにとって、「ペンタゴニア」の出版には困難が付きまとい続けることになる。一九六六年から六九年のあいだにほぼ脱稿を終えられた二作目『真っ白いスカンクどもの館』も、世界的評価を得た長編『めくるめく世界』や短編集『目を閉じて』などと同じく、当局の監視をかいくぐって秘密裏に国外へ持ち出し出版するしかなかった。極めつけは三作目『ふたたび海』の場合で、アレナスはこの小説を度々政府に破棄されたり没収されたりし、その都度記憶を辿って書き直すことを余儀なくされる。現在私たちが手にすることのできる版の末部には、「第一版(消失)、ハバナ、一九六六―一九七〇年／第二版（消失）、ハバナ、一九七〇―一九七二年／第三版（本作）、ハバナ、一九七二―一九七四年／第三版の編纂、改訂およびタイプ打ち、ニューヨーク、一九八〇―一九八二年」と複数の日付が刻まれているが、これらは『ふたたび海』出版に至るまでの紆余曲折を雄弁に物語っていると言えるだろう。一九八二年にスペインのアルゴス・ベルガラ社からようやく初版が出た時も、同社が五部作の二作目『真っ白いスカンクどもの館』の改訂版に先駆け順序を逆にしてこれを出版したことにアレナスは怒って抗議しており、執筆と出版の自由を得た亡命後もなお、「ペンタゴニア」をめぐる様々な混乱は続いた。

だがしかし、「ペンタゴニア」完成にとって最後の、そして最大の難関は、アレナス自身の病だった。実のところ、本書『襲撃』は四作目『夏の色』より早く原型を成している。この最初の版はまだキューバにいた一九七四年に書かれ、国外に持ち出すべくごく短期間に書かれたために性急なミスや判読不能な箇所などが多数あったものの、この時点ではすでに連作の最終作となることが決まっていた。だが、エイズによる死期が迫った一九八八年、献辞を捧げられた友人で作家のロベルト・バレーロとマリア・バディアスの勧めと協力を得て『襲撃』の加筆修正を再開した時には、アレナスの最大の不安はむしろ命あるうちに四作目である『夏の色』の執筆を終えて、五部作全てを書き終えられるかどうかという点にあった。初版となったマイアミのウニベルサル社版の『襲撃』の最後には、五部作ではなく「四部作　完」という表記が残ったままになっており、迫る最期の時までに五部作を終えられるか分からないという当時のアレナスの焦燥を伝えている。自伝『夜になるまえに』の序文に描かれているとおり、アレナスは敬愛する先輩作家ビルヒリオ・ピニェーラの写真に向かって、五部作の完成まで生き延びさせてくれるよう祈りを捧げながら執筆を続けていた。

病院からアパートに戻ったとき、一九七九年に死んだビルヒリオ・ピニェーラの写真が貼ってある壁まで這うようにして行き、こう話しかけた。「ぼくの頼みを聞いてくれ、作品を仕上げるのにあと三年生きてなきゃならないんだ、これはほぼすべての人類に対するぼくの復讐なんだ」。ビルヒリオの顔が、それは無茶な願いだと言わんばかりに、曇ったように見えた。絶望に駆られてあの願いを立ててから、もうすぐ三年になる。ぼくの最期はすぐそこにある。最期の瞬間まで平静を保ちたい。

ありがとう、ビルヒリオ。

（原著より拙訳）

願いが通じたのか、癌の全身転移や精神的鬱屈に耐えながら、アレナスはついに『夏の色』と、自伝『夜になるまえに』をも書き上げおおせた。こうして、死の翌年実現した『夏の色』および『襲撃』の出版をもって、アレナスの代表作「ペンタゴニア」は完成を見たのである。

『襲撃』における二つの逆転

アレナスは宿願だった五部作の成就に文字通り命を賭し、特にその核となる本書『襲撃』を最終作として最後に出版することに強いこだわりを見せていた。しかし一筋縄ではいかないのは、五部作を締めくくるはずのこの『襲撃』が、それまでのペンタゴニア四作品を貫く特徴を一見裏切っているような、アイロニカルで問題含みの作品である、という点だ。

ペンタゴニア各作品の基本構造となるのは、一九五九年の革命を中心とするキューバの歴史《イストリア》の時系列的進展と、同一人物でありながら一作ごとに死んでまた生まれ変わる主人公たちの個人的成長の物語《イストリア》とが、並行して描かれるという枠組みである。四作目までの主人公たちは、一作ごとに作家そして同性愛者としての自覚を強め、反体制派および芸術家への弾圧や男性優位社会における差別など、革命政権下での逃げ道のない閉塞的状況が深まっていく中で、ますます切実にわずかに残された抵抗の可能性を模索して悪戦苦闘する。革命以前の寒村で役立たずとして蔑まれる主人公といとこの詩人セレスティーノの幼少時代を幻想的な筆致で描いた一作目『夜明け前のセレスティーノ』ですでに原型を成していたこの枠組みは、フルヘンシオ・バティスタ独裁期からキューバ革命勃発期の地方都市を舞台に、同性愛者および作家として目覚め始め、さらに家族一人ひとりの孤独な苦悩を集合的に引き受け代弁しようとする青年フォルトゥナートの物語『真っ白いスカンクどもの館』において、歴史語りの構造として確立することになる。

六〇年代、七〇年代の革命の硬直化を背景とする三作目『ふたたび海』に至っては、壮年の主人公エクトルはすでに同性愛者の反抗的詩人へと成長を遂げていながらも、体制や規範への模範的服従者として偽りの人生を送ることを余儀なくされ、極限まで増大した建前と本音とのジレンマに責め苛まれている。それでもなお、『ふたたび海』第二部において読者に開示される、多数の人間が体験する抑圧と苦悩とを語ろうとするエクトルの詩編は、ペンタゴニアの主人公たちが次第に露わにしていく、集合的苦悩を代弁し、抑圧的体制への抵抗を試みる人物としての性格を改めて浮き彫りにするものだ。

この「抵抗する主体」の像は、老齢の独裁者の長期在位を祝うカーニバルの混沌をドタバタ喜劇風に描いた四作目『夏の色』で、五部作中最も複数化された、最も過激な形で現れてくる。『ふたたび海』に見られた独裁政権下での服従と反抗の葛藤は『夏の色』でも引き継がれているものの、主人公をはじめとする多数の登場人物たちは過剰なまでの性的欲望と自由への渇望を抱えており、それらを動力として彼らが試みる無数の抵抗の試みは、滑稽さと猥雑さ、遊戯性に満ちた文体とともに作品の随所に書き込まれている。


さて、こうして概観してみると、いかに五作目『襲撃』がペンタゴニア内にあって例外的な作品であるかが明白になってくるだろう。四作目までとの最も顕著な違いはその主人公像に表れてくる。

『襲撃』の名前を持たない主人公は、『夜明け前のセレスティーノ』から『夏の色』に至る四作の主人公たちとは異なり、作家でも同性愛者でも、抑圧の被害者でも反体制的な人物でもない。それとは対照的に、彼は全体主義的国家体制とその頂点に立つ絶対的独裁者に忠実に仕える抑圧の体現者であり、人々の苦悩を代弁するどころか、人間という存在そのものに対して異様なまでの嫌悪と殺意を抱き、密告と虐殺を繰り返していく。この人物造形は、特に前作『夏の色』の主人公とは著しい対照を成しており、死後ほぼ同時に出版されたこの二作は、連続しているはずなのにむしろ全くの裏返しのようにも見えてくるほどだ。アレナスはあるインタヴューで、『襲撃』を「詩人であることをやめた人間の伝記」と評し、作家である前作までの主人公たちとの連続性を強調していたものの、そのような言葉だけからは想像もできないほどに、本作はアイロニカルな最終作として五部作全体の像を逆転させている。

前四作の特徴が裏返されるのは、主人公像だけでなく文体についても言えることだ。『夏の色』までのペンタゴニア作品には文体実験の要素が色濃く表れ、語り手や人称の頻繁な交代や、小説形式への自己言及、様々なジャンルの言説や複数の声の混在など、メタフィクション的で遊戯的な仕掛けが満載されていた。これに比べ、『襲撃』の一人称の語りは主人公の視点に固定された単声的なものであり、彼の回想や夢などが挿入されるわずかな場面を除けば、ほぼ直線的な時間軸に沿って進行していく。アレナス作品に特徴的な幻想や解放的なユーモアは影を潜め、文飾を排した粗雑で素っ気ない文体が、強烈な怒りと憎悪の物語を語っていく。

　唯一の例外としてすぐに目につくメタフィクション的な形式実験といえば、目次に並んだ各章の章題くらいである。全部で五二あるこの章題は、先行する文学作品から歴史書、新聞記事、果てはペンタゴニア自体に登場する章題をそのまま借用したもので、しかも当該章の内容とはほぼ無関係と思えるものばかりだ。ただ一つオリジナルの章題は、小説のタイトルと同名の最終章「襲撃」のみである。他の書物から引かれた無関係な章題の羅列は、それまでのペンタゴニア作品に見られたインターテクスチュアルな実験的要素として機能しているというよりもむしろ、一体なぜそれらの章題が付けられているのか、と読者を煙に巻くアイロニカルな要素としてあると言える。

　これらの逆転をどう捉えたらよいのだろうか。例えば先の「詩人であることをやめた人間の伝記」という言葉をヒントに、この逆転の裏側に「究極的な抑圧的体制のもとでは、人間性や芸術性は破壊しつくされ、抵抗は完全なる服従に取って代わらざるを得ない」といった作者の意識を想定することもできるだろう。だが、すでに小説自体と同じ名を持つ最終章「襲撃」までを読み終えた読者は、そのような理解で満足できるほどこの作品における逆転現象が単純なものではないと気付いているはずだ。そこにはそれまでの理解を一気に覆すような、第二の逆転が用意されているからである。

　本作未読の読者に対する種明かしとなることは避けたいが、最終章における唐突な結末は、それまで『襲撃』で語られてきた物語を一挙に転覆し、読者が積み上げて来た解釈体系を宙吊りにしてしまう。そこでは、国家と独裁者に絶対の服従を誓っていた主人公像や、母親と主人公との力関係が逆転され、憎悪による破壊と情愛に由来する欲望との区別が曖昧化し、起源の破壊の物語は起源の探究の物語と見分けがつかなくなる。さまざまな価値転換が噴出する最終章「襲撃」は、小説『襲撃』が築き上げてきた自己像にまさしく襲いかかることによって二つ目の逆転を生じさせ、安易な一義的解釈を許さない謎めいた多義性をもたらしているのだ。

この多義性の中でこそ、本書に対する読みの地平は最大限に開かれていく。キューバ革命政府に対する痛烈な政治的諷刺、といったしばしば見られる単純な理解を越えて、この小説はより普遍的な物語へと昇華され、母親という絶対的存在への愛憎、人間が生来的に抱えこんでしまう根源的抑圧と抵抗の問題、さらには個人の欲望と国家の統制との関係といった複雑な問題が改めて浮き彫りになる。だが、『襲撃』という物語はこうしたテーマに対する最終的な回答を与えはしない。最後の場面、五部作のこれまでの作品とは異なり死に至る描写のないまま砂地（スペイン語では「arena」で、アレナスの名にも通じる）に横たわる主人公の姿に、私たちは何を見るだろうか？　根源的暴力が爆発を迎えた後の終末の風景を見るべきなのか、どうあれ抑圧に終止符が打たれたことに希望を見いだすべきなのか？　主人公が感じているのは平安なのか、喪失なのか？　そもそも本当に抑圧は終わり、暴力の支配は終わりを迎えるのか、それとも新たな暴力の連鎖や独裁が訪れるのか？　抑圧とは、自由とは何か？　未来はどこへ向かっていくのか？　開かれた多義的な結末は答えを与えることなく、ペンタゴニア作品が一貫して問い続けて来たこれら無数の問いかけ、特定の政治体制批判を越え、今日の世界にいまだ残る暴力と恐怖支配に対するものとしてもきわめて強い喚起力を持つこれらの問いかけに今一度回帰することで、読者をまた新たな想像の世界へと誘っているかのようだ。

その意味で、『襲撃』は五部作の終わりであると同時に、また新たな始まりでもある。『襲撃』を五部作のうち最後に出版することにこだわっていたアレナスだが、家族のように接していた友人、マルガリータとホルへのカマチョ夫妻に送った手紙の中では、そもそもペンタゴニア各作品は独立したものとしても読め、順番に読むことはさほど重要ではないとも語っていた。訳者としては、まず読者諸氏にこの『襲撃』という作品を味わって頂くことを最大の願いとしつつも、それと同時に本書が一つの始まりとなって、読者がさらなるアレナス作品に触れたり、さらなるキューバ文学を発見したり、さらなる想像力と問いを巡らせたりする手助けとなることをも、願わずにはいられない。

転換期キューバへの眼差し

二〇一四年の末、アメリカのバラク・オバマ大統領がキューバとの国交回復を宣言したことは、両国の半世紀以上にわたる確執を知る者にとっては衝撃的なニュースとなった。二〇一五年七月二〇日、両国首都に大使館が再開されたのは、冷戦期の一九六一年の断行から実に五四年ぶりの出来事だった。

国交回復によりヒト・モノ・情報の流れが活発化することは間違いなく、現時点ですでに渡航制限や送金規制の緩和、民間機の定期便就航などをはじめ、キューバと米国間には様々な変化が訪れつつある。しかし、キューバを長年苦しめてきた経済制裁の全面解除にはいまだ至らず、その大きな障壁の一つにはキューバ国内の人権問題が挙げられたりと、多くの課題も山積している。近年もなお多くの政治犯・知識人の逮捕や、表現、言論および集会の自由に対する組織的な弾圧が報じられるなど、今こうしてアレナスの小説を通じキューバの文学や文化と向き合っている私たち読者にとって大きな関心を惹く問題も、未解決のままだ。また、かつての文化政策によって周縁化された作家たちの中には、ホセ・レサマ・リマやビルヒリオ・ピニェーラのように復権され正典化されつつある作家もいる一方で、アレナスやギジェルモ・カブレラ・インファンテらの、苛烈な政治批判をおこなったためにいまだ文学史や批評界から事実上排除されている作家たちもいる。ちなみに二〇一六年二月には、『襲撃』とも類似点を持つオーウェルの『1984』がキューバ国内において長年の発禁処分を解かれ出版されたが、例えばこの事例が文化的解放の兆しなのか否かについては、懐疑的な意見も少なくないようだ。

果たしてこの激動の時代に、キューバの政治と文学はいかなる変化を迎えていくのだろうか？　この問いは、アレナスが自伝『夜になるまえに』を締めくくった、「キューバは自由になる。ぼくはもう自由だ」という死の直前の言葉を思い出させる。彼の死後四半世紀が過ぎたが、「キューバは自由になったか」という問いにはいまだ明確な答えが与えられていない。それはこれから私たちが注視していくべき問いとしてあり、その問いの現在と未来を考えるためにも、過去の文学作品の声を掬い取りその声に耳を傾けることは非常に重要だと思われる。その意味でも、近年盛り上がりを見せるラテンアメリカ文学翻訳において、キューバにまつわる文学作品の数々が紹介されていること（ギジェルモ・カブレラ・インファンテ『TTT』、ホルヘ・エドワーズ『ペルソナ・ノン・グラータ』など）、そしてそれらに続いて、現在の歴史的状況の中でアレナスの代表作である『襲撃』を世に問うことのできる意義は大きい。本コレクションからは今後も、ビルヒリオ・ピニェーラ『圧力とダイヤモンド』やギジェルモ・カブレラ・インファンテ『気まぐれニンフ』など、拙訳によるキューバ小説の出版が予定されているが、これらが転換点を迎えつつある新世紀のキューバ文学への眼差しに、新たな視座を提供できることを大いに期待している。

本書が形を取ることができたのは、スペイン教育・文化・スポーツ省からの出版助成の賜物である。本作の価値を認めていただき、日本語の読者へと開けるよう支援して頂いたことに、尽きせぬ感謝を捧げたい。また、私個人に関わることだが、本書を翻訳した期間は、キューバ文学研究プロジェクトのため日本学術振興会海外特別研究員制度によりアメリカ合衆国に派遣された期間と重なる部分がある。二つの仕事は深く関係し合っており、その意味で本書の出来は同制度による成果の一つであるとも言える。研究の機会を与えて頂いたことに深謝したい。

実際の翻訳過程は、編集を担当してくださった水声社の井戸亮さんのお力無しには成し得なかった。迅速な作業のみならず、特殊な訳語の工夫を要した本作に対して注意深い読みと数々の示唆に富んだご指摘を頂き、より良い作品となるようにと心を砕いて下さった熱意にはお礼の言葉もない。また出版に至る全過程を通じて、本コレクションの責任者である寺尾隆吉氏は訳者の仕事を適切に導いて下さった。お二人には至らなさからご迷惑をおかけしたこともあったかと思うが、本書の完成をもって少しでもご期待に応えることができたとすれば、これに勝る喜びはない。

他作品から取られている章題や、あとがきでの引用などについては、すでに邦訳のあるものは可能な限りこれらを参照し、その中から今回の翻訳に限って最もふさわしいと思われるものを引かせて頂いたが、一部に関しては表現上微細な改訳を施したものもあることをお断りしておきたい。先達の訳業に謝意を示すとともに、異国の地にあり邦訳文献を参照できない訳者に代わって、これらの文献を丹念に調査して頂いた、東京大学現代文芸論修士課程の牛島礼音さんの素晴らしいお仕事にこの場を借りて心からお礼を申し上げたい。また、資料の探索と情報提供にご協力頂いた南映子氏のご厚意にも、深い感謝の念を捧げたい。

ある仕事について、間接的な（にもかかわらず根本的な）有形無形の恩義の数々を列挙すれば限りはないだろう。しかし本書の翻訳は、レイナルド・アレナスとビルヒリオ・ピニェーラを対象とした私の大学院時代の研究から繋がっている宿題であり、末筆ながらこの時代に学恩を受けた方々へも特別の謝意を記さないわけにはいかない。もちろん、駆け出しの未熟者に辛抱強くご指導を頂いた恩師や諸先輩方に対しては、到底感謝を言葉で言い尽くせるものではないが、それと同時に様々な場でともに学ぶ幸運を得ることのできた同世代のスペイン語圏文学者の畏友たちにも、言葉を越えた敬意と感謝を覚えずにはいられない。彼らの存在なくして訳者の今はなかった。今後、私たちそれぞれの様々な活動によって、スペイン語圏ならびに海外の文学の地平が広げられていくという確信こそ、私が本書の読者とともに抱くことができる希望のうち、最も明るい希望である。

二〇一六年八月、ニューヨーク

山辺 弦

レイナルド・アレナス

Reinaldo Arenas

一九四三年、キューバ東部オリエンテ州に生まれる。経済的に困窮した少年時代を送るも、キューバ革命後にハバナ大学に入学。卒業後、国立国会図書館に勤務するかたわら貪欲に読書と執筆にはげみ、長篇『夜明け前のセレスティーノ』（一九六七年）でデビュー。それ以降は、六〇～七〇年代の初期革命政府による芸術家や同性愛者への激しい弾圧により、国内での出版を禁じられるとともに、強制労働や投獄など過酷な体験をこうむった。国外で出版した『めくるめく世界』（一九六七年）の成功によって、ブームの一員として国際的な評価を獲得。一九八〇年に亡命して以降はマイアミ、ニューヨークへと拠点を移し、旺盛な執筆活動と革命政府への激越な批判を展開する。一九八七年、エイズ感染が発覚。自伝的小説の五部作「ペンタゴニア」の完成に注力し、『夏の色』（一九九一年）、『夜になる前に』（一九九二年）を書き上げる。執筆を終えた一九九〇年に自殺。

山辺弦

やまべ・げん

一九八〇年、長崎県生まれ。東京大学大学院総合文化研究科博士課程修了（学術博士）。現在、東京経済大学准教授。専攻、キューバを中心とする現代ラテンアメリカ文学。主な著書には、『抵抗と亡命のスペイン語作家たち』（共著、洛北出版、二〇一三年）、主な訳書には、ギジェルモ・カブレラ・インファンテ『気まぐれニンフ』（二〇一九年）、ビルヒリオ・ピニェーラ『圧力とダイヤモンド』（二〇一七年）、フアン・ビジョーロ『証人』（二〇二三年、以上、いずれも水声社）などがある。

Reinaldo ARENAS, El asalto, 1990.
Este libro se publica en el marco de la "Colección Eldorado", coordinada por Ryukichi Terao.

Esta obra ha sido publicada con una subvención del Ministerio de Educación, Cultura y Deporte.

GOBIERNO DE ESPAÑA
MINISTERIO DE EDUCACIÓN, CULTURA Y DEPORTE
SECRETARÍA DE ESTADO DE CULTURA

本書の出版にあたり、
スペイン教育・文化・スポーツ省の助成金を受けた。

フィクションのエル・ドラード

襲撃

二〇一六年一月三〇日　第一版第一刷発行
二〇二五年六月二〇日　第一版第二刷発行

著者　レイナルド・アレナス
訳者　山辺弦
発行者　鈴木宏
発行所　株式会社 水声社
東京都文京区小石川二—一〇—一　郵便番号一一二—〇〇〇二
郵便振替〇〇一八〇—四—六五四一〇〇
電話〇三—三八一八—六〇四〇　ファックス〇三—三八一八—二四三七
http://www.suiseisha.net
印刷・製本　モリモト印刷
装幀　宗利淳一デザイン

ISBN978-4-89176-960-4

フィクションのエル・ドラード

襲撃	レイナルド・アレナス	山辺 弦訳	二二〇〇円
英雄たちの夢	アドルフォ・ビオイ・カサーレス	大西 亮訳	二八〇〇円
気まぐれニンフ	ギジェルモ・カブレラ・インファンテ	山辺 弦訳	三〇〇〇円
バロック協奏曲	アレホ・カルペンティエール	鼓 直訳	一八〇〇円
時との戦い	アレホ・カルペンティエール	鼓 直／寺尾隆吉訳	二三〇〇円
方法異説	アレホ・カルペンティエール	寺尾隆吉訳	二八〇〇円
吐き気	オラシオ・カステジャーノス・モヤ	浜田和範訳	二三〇〇円
対岸	フリオ・コルタサル	寺尾隆吉訳	二〇〇〇円
八面体	フリオ・コルタサル	寺尾隆吉訳	二二〇〇円
境界なき土地	ホセ・ドノソ	寺尾隆吉訳	二〇〇〇円
ロリア侯爵夫人の失踪	ホセ・ドノソ	寺尾隆吉訳	二〇〇〇円
夜のみだらな鳥	ホセ・ドノソ	鼓 直訳	三五〇〇円
ガラスの国境	カルロス・フエンテス	寺尾隆吉訳	三〇〇〇円
僕の目で君自身を見ることができたなら	カルロス・フランス	富田広樹訳	四五〇〇円

案内係　フェリスベルト・エルナンデス　浜田和範訳　二八〇〇円
ライオンを殺せ　ホルヘ・イバルグエンゴイティア　寺尾隆吉訳　二五〇〇円
場所　マリオ・レブレーロ　寺尾隆吉訳　二三〇〇円
別れ　フアン・カルロス・オネッティ　寺尾隆吉訳　二〇〇〇円
犬を愛した男　レオナルド・パドゥーラ　寺尾隆吉訳　四〇〇〇円
帝国の動向　フェルナンド・デル・パソ　寺尾隆吉訳　五〇〇〇円
人工呼吸　リカルド・ピグリア　大西 亮訳　二八〇〇円
燃やされた現ナマ　リカルド・ピグリア　大西 亮訳　二八〇〇円
圧力とダイヤモンド　ビルヒリオ・ピニェーラ　山辺 弦訳　二三〇〇円
レオノーラ　エレナ・ポニアトウスカ　富田広樹訳　三五〇〇円
ただ影だけ　セルヒオ・ラミレス　寺尾隆吉訳　二八〇〇円
孤児　フアン・ホセ・サエール　寺尾隆吉訳　二三〇〇円
傷痕　フアン・ホセ・サエール　大西 亮訳　二八〇〇円
グロサ　フアン・ホセ・サエール　浜田和範訳　三〇〇〇円
マイタの物語　マリオ・バルガス・ジョサ　寺尾隆吉訳　二八〇〇円
コスタグアナ秘史　フアン・ガブリエル・バスケス　久野量一訳　二八〇〇円
廃墟の形　フアン・ガブリエル・バスケス　寺尾隆吉訳　三五〇〇円
証人　フアン・ビジョーロ　山辺 弦訳　四〇〇〇円